LA FILLE SEULE DANS LE VESTIAIRE DES GARÇONS

HUBERT BEN KEMOUN

LA FILLE SEULE DANS LE VESTIAIRE DES GARÇONS

Flammarion

Sur une idée d'Alain Grousset

© Flammarion pour la présente édition, 2020
© Flammarion, 2013
87, quai Panhard-et-Levassor – 75647 Paris Cedex 13
ISBN : 978-2-0814-9795-5

Pour mes fils, Nicolas et Nathan.
HBK

« Le contraire de la violence,
ce n'est pas la douceur, c'est la pensée. »

Étienne Barilier

Chapitre 1

Enzo avait commencé très fort, ce jour-là.
J'aurais dû faire attention, depuis quelques jours, il attaquait sans cesse, mais je n'y avais pas porté plus d'intérêt que ça. Ce lundi, il a vraiment tout donné. Ce garçon ne faisait jamais les choses à l'économie.
Cela avait débuté dès le matin, avec des petites piques lourdes et assez lamentables. J'avais fait mine de ne pas les entendre. Les blagues d'Enzo sur les filles étaient rarement fines et elles ne méritaient jamais qu'on s'y attarde. Il avait continué dans la file de la cantine, en me demandant si je ne préférais pas un repas en tête à tête aux chandelles dans un bon resto, plutôt que le bœuf bourguignon qu'on nous servait au self.
— Je suis au régime des garçons dans ton genre ! avais-je répliqué en laissant passer mon tour et une quinzaine d'élèves pour m'éloigner de lui et de ses copains si facilement hilares.

Il m'avait fichu la paix, et je croyais être débarrassée de ce lourdaud quand il a réattaqué de front.

C'était juste avant notre dernière heure de cours. Espagnol. L'horreur absolue !

— Marion, je parie que quand on tape « jolie » sur Internet, on trouve ta photo !

J'aurais pu sourire. Une autre que moi aurait souri. En temps de pénurie d'amour, un compliment émanant du plus beau garçon de la classe pouvait se goûter avec plaisir. Mais pas pour moi.

Je me suis contentée de lui décocher une grimace amusée. Faussement amusée, comme je savais si bien le faire. Les autres nous observaient toujours avec curiosité.

— Ou alors « séduisante » ou « craquante ». Ça marche aussi, je suis sûr.

Enzo était le genre de garçon qui ne savait jamais s'arrêter à temps. C'était un de ses nombreux problèmes. Il freinait trop tard, et souvent après s'être payé le mur.

— Ou bien « folle dingue d'Enzo »... Sur Wikipédia, ils renvoient tout de suite à toi...

— OK, Enzo, et quand on clique sur « gros lourd », on tombe sur ta tronche et tes mensurations ? j'ai demandé, histoire de lui faire comprendre qu'il était largement temps qu'il me lâche.

Mauvaise idée. Très mauvaise.

— Mes mensurations ? Mais poupée, si tu veux connaître mes mensurations, faut pas taper ou cliquer... faut tâter ! il a osé répondre bien fort pour continuer à placer les ricaneurs dans son camp.

C'est le « poupée » que j'ai mal supporté. Très mal ! Et pourtant, je suis certaine qu'il avait fait un effort en usant pas le « pouffe » ou le « meuf » qui sortaient à longueur de temps de sa bouche.

— Lâche-moi, Enzo, c'est pas sur Internet que je vais taper !

— Pas taper, Marion, tâter ! Tu confonds ! Pour une super intello comme toi, c'est étonnant, a-t-il fait fièrement, histoire de ne pas me laisser le dernier mot.

Là encore, une autre que moi aurait laissé couler et se serait contentée de hausser les épaules pour abandonner Enzo à ses vannes à deux balles, et entrer dans la salle de cours. Mais la prof était en retard, et puis j'ai toujours beaucoup de mal à être une autre que moi, et enfin Enzo me barrait volontairement le passage, sa main posée sur le chambranle de la porte avec une fermeté de propriétaire.

— J'ai rêvé de toi cette nuit, j'ai dit d'un air sérieux.

— Oui ? il a fait, surpris et déjà triomphant.

— Ouais, c'était étonnant. Tu nageais et tu étais nu... Tout nu...

La grimace d'Enzo s'est un peu rectifiée. L'idée que je sois en train de lui préparer une sale blague l'a effleuré, mais il n'arrivait pas à s'arrêter d'espérer.

— Nu ? Alors, Marion, tu es au courant de tout au sujet de mes mensurations exceptionnelles ! il a lancé toujours aussi fort et toujours aussi fièrement.

— Ben non ! Tu ne nageais pas vraiment, tu flottais plutôt. Tu flottais en rond, et ça durait, ça durait. Et puis j'en ai eu marre... Et j'ai tiré la chasse !

Enzo a encaissé en éclatant de rire très fort, vraiment très fort. Je crois qu'il voulait surtout couvrir de son rire gras les éclats si joyeux des autres qui m'accordaient la victoire et le tournaient en ridicule.

Mme Pouliguen, la prof, arrivait du fond du couloir. Elle semblait plus fatiguée que nous. Son gros cartable en cuir rempli de nos copies et de tout son savoir pendait lourd le long de sa cuisse. Du très lourd. J'ai écarté Enzo d'une main volontaire et victorieuse et j'ai filé m'asseoir au fond de la salle, près de la fenêtre.

Fin du round et début d'un cours sans relief, malgré les efforts de la prof beaucoup plus impliquée que nous tous. Une heure en suspension, comme une grosse bulle de savon tombant au hasard et dont on attend l'explosion et la fin. Rendu de nos commentaires de textes de la semaine précédente. Le mien me valant un 5, une des plus mauvaises notes de la classe, mais je m'en fichais éperdument. Je déteste l'espagnol et tout ce qui a rapport avec l'espagnol.

Cette fois, je pensais vraiment en avoir fini avec Enzo. Il dénicherait sans problème un autre jouet, une autre « poupée ». Je me trompais.

Dès la fin de cette heure interminable, il a dû trouver très amusant de me faucher mon sac dans l'escalier central et de se carapater avec vers la sortie.

Bêtement, en l'insultant, j'ai couru derrière lui, jusqu'au trottoir, même si je savais que je n'avais aucune chance de le rattraper s'il décidait de s'enfuir. J'ai eu peur que cet imbécile ne balance mes affaires sous les roues des voitures et des bus qui passaient sur le boulevard. Il s'est laissé rattraper à hauteur de l'arrêt de bus.

— T'es lourd, Enzo ! Rends-moi ça !

Tout un public d'élèves nous observait déjà, amusés et curieux.

— Je te le rendrai si tu m'embrasses, a osé Enzo, en continuant à faire tourner ma besace au-dessus de sa tête, comme une fronde. Ouais, si tu m'embrasses !

— Dans une autre vie, peut-être !

— De vie, j'en ai qu'une, c'est dommage pour ton sac et tes petits secrets ! a continué à pérorer cet idiot.

Je savais qu'il n'arrêterait pas, et visiblement je ne pouvais compter sur personne pour me venir en aide. Enzo, comme on dit, était quelqu'un, au collège.

Autour de nous, les mêmes qui, dans le couloir du premier étage, s'amusaient de notre joute, attendaient à présent le point d'orgue à cette nouvelle joute. Le baiser.

— Bon, on va voir ce que je peux faire pour toi... ai-je fait en m'approchant, absolument pas disposée à lui claquer la moindre bise, même rapide et sèche sur la joue.

La fronde a ralenti avant de retomber au bout de sa main. Je comptais là-dessus pour récupérer mon bien. J'étais décidée à me défendre si nécessaire.

Je tendais ma main vers mon sac ouvert et lui ses lèvres vers les miennes fermées.

— Sur la bouche ! a-t-il précisé, en avançant ses lèvres, certain de son bon droit.

Et il a brusquement tourné le visage pour que nos deux bouches s'effleurent.

La paire de baffes est partie d'abord, et mon pied immédiatement ensuite. Un penalty particulièrement bien placé. Une belle paire de baffes. Une sonnante et trébuchante. Un shoot dans les parties, direct. Trébuchante, surtout pour Enzo. Il s'est affalé par terre, le souffle brusquement coupé. Il a fallu que Bastien et Mounir se précipitent vers lui pour le relever du morceau de trottoir où il venait de se plier comme pour une prière.

Je respirais comme un animal et me sentais prête pour continuer la série de tirs au but, bien au-delà du temps réglementaire. C'était disproportionné, Enzo était hors-service pour le moment, mais je prenais sur moi pour ne pas lancer à nouveau mon pied au gré de ma colère.

— T'es complètement tarée, Marion ! Il voulait juste te faire un smack sympa ! a plaidé Mounir en avocat de son copain qui peinait toujours à retrouver sa respiration.

— Ses smacks, sympas ou pas, il se les ravale et il s'étouffe avec ! j'ai hurlé en reculant d'un pas ou deux pour prévenir toutes représailles d'Enzo, du moins quand il aurait récupéré son souffle et lâché son entrejambe.

Rapidement mais maladroitement, j'ai ramassé mon sac, qui gisait comme un chat mort à leurs pieds. Je me suis dépêchée de fourrer dedans le classeur, les bouquins, la trousse et toutes les babioles qui s'étaient complètement éparpillées jusqu'au caniveau et aux piliers de l'arrêt de bus.

— T'aurais pu le tuer ! C'est fragile les... C'est vachement fragile, les... !

Bastien qui venait de prendre le relais à la barre n'arrivait pas à trouver les mots pour parler de ce qu'Enzo continuait à masser.

— Moi aussi, je suis fragile ! j'ai craché.

Je n'ai pas pu en dire plus, je sentais mes larmes monter.

Ne pas m'excuser, ne pas leur donner l'impression du moindre regret, ne pas baisser les yeux, et freiner ces cochonneries de larmes qui gonflaient.

Je restais là, debout, à l'arrêt du bus. Je crois que j'attendais juste de savoir si Enzo allait vivre ou mourir. Bastien et Mounir, les deux avocats, s'étaient changés en procureurs et me fixaient avec mépris. Ils venaient de lâcher leur camarade. Les autres élèves, qui guettaient vaguement le 31, attendaient bien davantage le dénouement de l'affaire. Éventuellement les représailles d'Enzo quand il aurait récupéré l'usage de ses... de ses...

Enzo, ce n'était pas n'importe qui au collège. Plus âgé que la plupart des élèves de la classe, il était une des stars qui tenait tête aux profs comme aux surveillants, le beau gosse, le très beau mec qui travaillait ses postures avec plus d'assiduité que ses maths ou son français. Enzo, c'était l'irrésistible à qui personne n'osait résister, et tout particulièrement les filles. Une sorte de bébé caïd qui traînait derrière lui, sinon un gang, du moins une vraie petite cour grisée par ses talents de frimeur. Un garçon qui ne négligeait pas de baffer allègrement les plus chétifs des sixièmes, pour leur piquer leurs cartes de collection, leurs ballons, voire davantage. De pincer aussi les fesses de certaines filles dans les embouteillages des escaliers ou du self. Mais un malin qui savait se débrouiller pour ne jamais se faire choper avec preuves. C'était ça, Enzo. Un frimeur que je venais de plier en deux et à qui j'avais fait l'affront d'endolorir les parties et la vanité qu'il plaçait au même endroit.

En retrait de Mounir et Bastien, Sophie et Julie n'arrivaient pas à prendre ma défense. Difficile d'être solidaires, l'une avait engagé depuis deux semaines une love affaire avec Mounir, l'autre envisageait de plus en plus volontiers la sienne avec Bastien. Elles demeuraient spectatrices et rien d'autre. Je me sentais seule, si seule. Merci pour votre soutien, les filles !

— Tu as un problème, Marion ! a fait Mounir.

Voilà qu'il la jouait spécialiste médical maintenant.

— Oui... avec les gros beaufs comme ta pauvre tache de copain ! Ouais, tu as raison !

— Non, Marion, tu as un problème avec moi, maintenant ! Un vrai problème !

Enzo a craché cela d'une voix volontairement très grave et très lente. Suffisamment fort et clairement pour que tout son public l'entende. Visiblement, Enzo allait vivre.

Après les interventions des avocats et des procureurs venait la sentence du juge, la menace du bourreau. J'ai parfaitement saisi le ton de sa voix, la dureté dans ses yeux. Les larmes gagnaient du terrain dans les miens. J'ai commencé à marcher sur le boulevard. Sans me retourner. Droite, en pleurnichant bêtement. Sans être capable d'empêcher mes lèvres de trembler. Malgré moi je me préparais à entendre Enzo courir dans mon dos pour me rattraper et se venger. Je devais me tenir prête à me défendre à nouveau, je savais que je n'en aurais plus vraiment la force et le courage, mais je ne me laisserais pas faire sans répliquer. Au moins ça.

Chaque pas me faisait mal, chaque mètre qui m'éloignait de cet arrêt où j'avais raté mon bus.

Enzo n'a pas galopé derrière moi, ne m'a pas rattrapée.

Ce sale frimeur lâchait l'affaire. Pour cette fois.

Chapitre 2

Moral en berne en arrivant chez moi. Très en berne.

Et pas question d'espérer un soutien de maman. Elle était calée dans la banquette du salon et pianotait à toute allure sur son ordinateur portable. Elle surfait sur son site de rencontres. Ce genre de sites dont les pubs racontent que les relations amoureuses sont comme des labyrinthes inextricables, et qu'en quelques clics les mecs canon et attentionnés rencontrent des nanas tout aussi canon et pas moins attentionnées. Maman y passait beaucoup de temps depuis des mois, et pas seulement parce qu'elle était canon.

Elle a à peine levé le nez de son écran pour m'adresser un vague et monocorde « bonsoir ma chérie, tu as passé une bonne journée ? » qui n'attendait même pas de réponse.

Je me suis retranchée dans la cuisine pour me préparer un bol de céréales et remplir un verre de jus d'orange, avant de revenir au salon, munie de mon goûter.

Maman continuait à faire défiler sur l'écran les pages avec toutes les réponses et les invitations arrivées depuis la veille. Assise au fond d'un fauteuil, j'ai allumé la télé pour me donner contenance, mais je n'ai pas vu grand-chose des images qui passaient sur les chaînes. Le goût de mes larmes, celui de ma rage, celui aussi, très volatile, des lèvres d'Enzo, ne se dissipaient pas. J'ai regardé ma mère en silence, comme on observe un étrange animal inconnu qui se déplace d'une manière grotesque mais efficace.

Cette histoire de chéris sur Internet, parfois, prenait trop de place. Et cet après-midi particulièrement. J'aurais voulu déposer aux pieds de maman mes problèmes de fille, et notamment avec les garçons, mais ma mère avait les siens, toujours plus importants. J'ai terminé mon bol, mon verre, zappé un peu sur tous les programmes sans trouver de quoi tromper mon coup de blues et j'ai fini par éteindre le poste. Aussi décevant que tout le reste.

Maman était belle ainsi sur l'autre rive de la grande table basse. Pas très bien coiffée, mais tellement naturelle avec sa crinière ébène remontée par un serre-tête doré. Cette parenthèse en métal faisait rayonner l'éclat de son visage. Je savais qu'elle lui permettait aussi de cacher la mèche de cheveux blancs et morts qui lui était apparue brusquement en une nuit, il y a trois ans, comme une dernière dédicace de papa. Elle portait un tailleur-pantalon noir et large, un chemisier blanc dont le décolleté s'arrêtait juste à temps pour laisser deviner la plus chouette poitrine du monde, sans rien en montrer vraiment. Laisser deviner a toujours été plus malin que de donner tout à voir, au moins maman m'avait appris ça.

Selon moi, ils devaient être des régiments entiers à s'accrocher à son profil d'amoureuse sur le site où elle s'était inscrite. Mais justement, maman ne voulait pas d'un régiment, d'une légion ou d'une armée d'amoureux, elle cherchait juste le bon, le seul, l'unique. Et pour l'instant, de ses chasses d'internaute, elle était revenue plutôt bredouille. À chaque fois elle avait essayé de croire que celui-là était le numéro gagnant. Et puis, quelques semaines plus tard, parfois moins, tout retombait. En ce moment, aux dernières nouvelles, Paolo tenait la corde. Un assez beau brun au regard ténébreux, de huit ans son cadet. Un type qui se préoccupait beaucoup de ses performances de coureur de marathon et qui gagnait sa vie comme infirmier à l'hôpital psychiatrique dans une ville de la banlieue sud. Alors, que cherchait-elle puisqu'il y avait Paolo ?

— M'man ? ai-je dit du bout des lèvres.

Pas de réponse, sinon un « hum » qui pouvait être aussi bien un raclement de gorge qu'une vague réponse à un bruit qui venait de lui parvenir de l'autre bout de la ville.

— M'man, je peux te demander quelque chose ?

Le même « hum » et toujours pas un regard pour moi.

Je savais que quand elle plongeait dans ce genre de site, elle se coupait du monde extérieur. Plus que moi quand je travaillais mes propres chansons à la guitare. Lorsqu'elle consultait ses réponses, elle le faisait avec bien plus de concentration que si elle avait voulu dénicher un nouveau travail, une location à la mer pour les vacances ou une tondeuse d'occasion pour remplacer celle qui venait de nous lâcher. Rien d'autre n'existait.

— Je voulais te demander... ai-je murmuré.

Dans ces moments-là, nous avions retenu, Barnabé et moi, qu'il valait mieux ne pas essayer de l'encombrer avec des problèmes ridicules. Des trucs du style : le repas du soir, l'inondation de la buanderie ou une gastro carabinée.

Je ne veux pas dire par là que ma mère était une égoïste qui ne pensait qu'à elle. Bien au contraire. Dans le style « maman ourse », on faisait difficilement pire. Jamais elle ne nous aurait laissés affamés, mon petit frère et moi, devant un réfrigérateur aussi vide qu'une cour de récréation un dimanche d'août. Pour la moindre fièvre de l'un de nous deux, elle aurait fait appel à tous les « docteurs House » de la terre ; et pour la machine à laver, mieux que quiconque, ma mère savait non seulement où se cachaient les compteurs à couper, comment démonter le filtre de la machine, et elle était même capable de lui ouvrir le ventre pour la réparer. Je veux simplement expliquer par là que, quand maman cherchait un amoureux, elle entrait dans une bulle hermétique, et que cette bulle, il valait mieux ne pas essayer de la crever. C'est tout !

J'ai tout de même tenté le coup, juste pour voir, comme on demande à voir le jeu de son adversaire au poker. Parce que ce jour-là, après mes déboires avec Enzo, il me semblait que rien ne pouvait être plus précieux que de recevoir l'aide d'une véritable experte en garçons.

— Je voulais te dire... J'ai un problème...
— C'est bien, ma chérie, c'est très bien, elle a murmuré toujours le nez scotché sur son écran, avant d'ajouter : Et le reste de ta journée s'est bien passé ?
— Maman !
— Oui, Marion, je suis d'accord avec toi...
Très hermétique, la bulle.
— Maman, je crois que je suis enceinte !... J'attends un bébé !

J'ai dit ça sans réfléchir.

J'aurais tout aussi bien pu lui annoncer que je m'étais fait racketter mon portable à la sortie du collège ou que je partais continuer ma scolarité en Tasmanie, mais c'est ça qui est venu. Et j'ai lancé cette bouée ridicule un peu plus fort que je ne le voulais. Une sorte d'explosion au milieu du calme de cimetière qui régnait autour de cette table basse faussement chinoise et de ce tapis réellement ouzbek. Au moins lui ai-je fait lâcher son clavier et enfin lever les yeux sur moi. Pour la première fois depuis que j'étais rentrée. J'ai tout de suite remarqué le carmin et les cernes qui n'avaient rien à voir avec son maquillage. Elle avait pleuré. Et, à voir l'état du carnage, beaucoup pleuré.

— Excuse-moi, Marion, tu me demandais quelque chose ?

— Toi, tu as pleuré, ou alors t'as complètement foiré ton maquillage...

— Mais non, tout va bien. Qui est ce Dédé que tu attends ? Un ami de ta classe ? a-t-elle demandé en faisant semblant de s'intéresser enfin au peu qu'elle avait entendu.

— Laisse tomber ! ai-je craché assez sèchement. Laisse aussi tomber ton site de rencontres à la noix. Ça te bouffe la vie, l'audition et les neurones ! C'est nul ! Je voulais savoir si c'était normal que les filles de cette maison aient autant de problèmes avec les garçons, mais c'est bon, j'ai ma réponse !

J'étais debout et j'ai filé vers ma chambre sans rien ajouter, lui abandonnant mon bol, mon verre et ses princes pas du tout charmants.

Barnabé assassinait des dragons et des trolls sur son lit et il n'a pas lâché sa manette lorsque je suis entrée dans sa chambre.

— Tu sais pourquoi maman a pleuré, toi ?

— Paolo ! s'est-il contenté de répondre en se tortillant du torse, comme si c'était vraiment lui qui tentait d'échapper aux assauts enflammés d'un lézard géant.

— Quoi Paolo ? Paolo a rompu avec maman ?

— Rompu ? Ils sont rigolos, tes mots, Marion ! Maman, Paolo elle l'a jeté dehors comme on chasse un cafard. Ce midi. Et comme il est encore revenu cet après-midi, quand je rentrais de l'école, elle l'a rebalancé. Rompu, je connaissais pas, pour ce genre d'histoire. Ça existe vraiment ? Ça date de quelle époque ?

— Et tu sais ça comment, monsieur le roi du sabre laser ?

— J'ai mangé ici ce midi. Maman avait oublié de payer la cantine, j'étais pas inscrit. Paolo est passé et elle l'a « rompu » dehors en hurlant. T'aurais vu sa tête. La tête du Paolo, pas de maman, encore que, c'était pas joli à voir non plus. Et puis la cantine, je m'en fichais parce que le menu était dégueu aujourd'hui. Comme il y avait Paolo et qu'elle pensait pas me voir, maman m'a commandé une pizza. Une quatre fromages. Elle a même demandé au livreur d'embarquer ce « salaud de pauvre type » quand il est reparti sur son scooter. Le salaud, c'était Paolo, pas le livreur... mais il a pas emmené Paolo sur son scoot, même si elle lui a donné un pourboire. Au livreur, pas à Paolo. Tout à l'heure, quand je suis rentré de mon après-midi à l'école, le Paolo, il était revenu, depuis combien de temps, je ne sais pas, mais maman tirait une tête de douze mille kilomètres, comme le midi. Elle criait encore plus fort après lui. Elle l'a pas simplement rompu, elle l'a cassé total. À mon avis, celui-là, on le reverra plus. Voilà, je l'ai eu. Ça y est, je suis au niveau 5, c'est pas trop tôt. Une quatre fromages, mais trop grande, j'ai pas pu la finir et j'ai retiré les olives noires, j'aime pas. Et c'est pas un sabre laser, c'est une lance nucléaire, sinon ça va bien, toi ?

Parler le Barnabé était impossible, le comprendre n'était pas donné à tout le monde, mais en tant que grande sœur, je faisais partie des rares initiés au langage d'un être exceptionnel capable d'aborder trois sujets à la fois, sans perdre le fil et sans lâcher sa partie, et sans jamais lever les yeux vers son interlocuteur.

Douze mille kilomètres...

Je savais parfaitement que Barnabé n'avait pas donné ce chiffre au hasard. Douze mille kilomètres, c'était la distance qui nous séparait de notre père... Je n'ai pas relevé.

Mon frère a enfin daigné m'adresser un regard pendant que son ordinateur chargeait le niveau supérieur de son jeu.

— Dis donc, t'as pleuré, toi ? Pourquoi t'as pleuré, Marion ?

— Pour faire comme toutes les filles de cette maison ! Je pensais que c'était obligatoire pour vivre ici. Je me sentais lasse, si lasse. Je me suis assise sur le lit à côté de lui. J'ai dû me relever aussitôt, un paquet de cookies me rentrait dans les fesses en compagnie de deux des pistolets que compte l'impressionnante collection de mon frère.

— Visiblement t'as pris ton goûter dans ta chambre, j'ai dit en brandissant le blister de gâteaux.

— Ben non, pas encore... Mais là, ça ne me dit plus rien, a-t-il fait en considérant ses cookies transformés en confettis sous le plastique.

— Désolée, Barny... Dis-moi, le roi de la lance nucléaire... Tu l'aimais plutôt bien, Paolo. Je me souviens même que tu lui avais mis un 8 sur 10, la première fois que tu l'as vu. Alors, tu le sais, pourquoi maman l'a jeté, et de cette façon ? Parce que si elle avait dû faire comme toi et donner des notes à ses chéris, celui-là elle lui filait un 12 sur 10 sans problème. Je me trompe ?

— Ouais, tu te trompes complètement, Marion ! Là, c'est plus une lance nucléaire, c'est une double hache runique qui balance des faisceaux paralysants. Ouais, c'est vrai, je l'aimais bien...

— 8 sur 10, Barny ! Tu n'es jamais aussi généreux quand tu les notes !

— C'était avant ! Punaise, ça se passe dans des grottes, ce niveau ! J'y étais jamais allé. C'est fou ce truc ! Y'a des trucs qui bougent sur les murs !

— Sur les parois ! Avant quoi ?

— Ben avant aujourd'hui ! Se manger une quatre fromages tout seul dans la cuisine, eh ben, ça empêche pas d'entendre le programme qui passe dans le salon où ils s'étaient planqués de moi, comme si j'avais pas pu les capter.

— Et alors ?

— Alors, maman a pas aimé qu'il ait deux autres amoureuses en même temps qu'elle. Pourtant, elle le savait que c'était un sportif. Mais bon, elle a pas aimé, mais pas du tout. Un peu comme moi avec les olives. Ça marche, si je dis que j'ai « rompu » avec les olives noires ? Ah, c'est des chauves-souris, je les avais pas vues, celles-là !

— Deux autres ! Il ne court pas qu'après les chronos, celui-là ! Le salaud !

— Tu vois, tu dis exactement pareil que maman. C'est dégueulasse !

— Je suis d'accord avec toi, Barny, c'est dégueulasse !

— Ah non, là je parlais des chauves-souris. Je peux pas les paralyser...

— Essaie avec des olives noires !

— Oh ? Non tu te moques... ?

— Elles sont allergiques, comme toi... Tout le monde sait ça, mon bonhomme. Tu me déçois, Barnabé !

Je l'ai abandonné à ses combats spéléologiques et me suis réfugiée dans ma chambre. Barnabé était le seul garçon qui trouvait grâce à mes yeux. Le problème, c'est qu'il avait un peu moins de huit ans. Comme exemple, je pouvais espérer trouver mieux, du moins de mon âge.

J'ai fait semblant de me passionner pour un contrôle de maths qui nous attendait le lendemain. Même pas compliqué pour moi. Non pas que j'adore les maths, mais je l'avais bossé pendant l'heure d'espagnol et, en général, il me suffisait d'avoir correctement écouté les cours et de les relire trois ou quatre fois pour comprendre et retenir le raisonnement. Une vraie chance plus qu'un don. Et c'était pareil pour toutes les autres matières. Je savais, depuis longtemps, que mes camarades au collège m'avaient affublée de l'insulte suprême : « Intello ! » Je ne connaissais pas pire et j'en souffrais, de cela et de tellement d'autres choses. Je m'en sortais avec eux en leur refilant mes exos d'anglais ou de maths, sans rien négocier. Même à ceux qui me méprisaient en douce, et me demandaient, affolés, de les sauver en leur prêtant mes copies. Ils s'empressaient de les recopier à toute allure, dans les couloirs ou les toilettes, histoire de rendre quelque chose aux profs. Pour toutes les matières, sauf deux : espagnol et garçons !

J'ai aussi un peu flemmardé sur Facebook où je n'avais strictement rien de bien nouveau à raconter ou d'intéressant à récupérer. Pas question de déblatérer aux dix-huit amies dont les photos avantageuses s'affichaient sur mon fil, que j'avais failli handicaper Enzo moins d'une heure auparavant. Des connaissances plutôt que des amies. Des filles du collège ou de mes cours de solfège au conservatoire. Je ne les avais ajoutées ici que pour me donner l'illusion que je n'étais pas aussi seule que ça. Est-ce que je fonctionnais comme ma mère avec ses sites à la noix ?

Maman, justement, est entrée à peu près à ce moment-là. Sans avoir besoin de frapper à une porte que j'avais oublié de fermer. Visiblement, dans cette baraque, personne ne pouvait parler à personne sans qu'il soit scotché devant un écran.

— Je ne cherchais pas un nouvel amoureux, Marion. Je faisais le ménage de mon site.

— Ouais, il paraît que t'as beaucoup fait de ménage aujourd'hui. Paolo est passé au composteur... Non, à ce que m'a dit Barny, il était même pas biodégradable. À la poubelle des encombrants, alors ?

Elle n'a pas jugé nécessaire de confirmer.

— J'avais prévu de vous faire une tarte aux oignons pour ce soir.

— Vous ? Tu ne manges pas avec nous ?

— Je dîne avec Claudine et Caroline, ce soir. Je pensais te l'avoir dit ce matin, tu ne te souviens pas ? Alors une tarte aux oignons, ça te va ?

Éviter de lui balancer les horreurs qui me traversaient l'esprit à ce moment-là... Que ses deux copines qui vivaient seules allaient lui conseiller de foncer immédiatement vers un autre, n'importe qui d'autre, juste pour se laver de l'affront de Paolo. Que c'était nul de chercher du soutien chez deux amies qui collectionnaient les aventures, comme d'autres les autographes, les figurines Warhammer ou les vignettes Panini de footballeurs, que Barny et moi étions ses vrais chéris, que j'avais besoin de parler, que... Je n'ai rien dit.

— Ou alors, je vous commande des pizzas, mais Barnabé en a eu une ce...

— Tu devrais t'inventer un plan love avec le livreur. Visiblement, il a de plus en plus d'entrées ici, celui-là !

Elle n'a pas trouvé utile de sourire à ma réflexion.

— Alors, qu'est-ce que vous voulez pour dîner ?

— Paolo, tu as bien fait de le jeter s'il t'a trahie. Mais t'es peut-être pas obligée de te remettre en chasse immédiatement après.

— Je changeais tous mes codes et mon profil pour ne plus avoir à le recroiser. Je ne chassais rien !

— C'est ça, tu nettoies ton site et ton profil, et en même temps tu prétends que tu ne cherches rien de nouveau. T'es pas hyper nette, m'man !

— Alors, une tarte aux oignons ?

— Et tu veux qu'on les épluche ensemble, histoire de pleurer pour une raison valable ?

Sans répondre, elle est descendue vers la cuisine. Elle n'a pas eu l'air de trouver ça drôle. Moi non plus.

*

La guitare, il n'y avait que ma guitare qui puisse m'aider et m'apaiser un peu. Je m'obligeais chaque jour à, au minimum, une heure de gammes et de travail. Une obligation plutôt très plaisante. J'avais commencé voilà plusieurs années par des morceaux simples et classiques, sages. En grandissant, alors que les pulpes des phalanges de ma main gauche durcissaient et que ma main droite gagnait en rapidité, j'avais complété mon répertoire de morceaux plus piqués, plus blues. Sans abandonner ma guitare classique, je m'étais fait offrir une guitare sèche, une belle Ovation qui sonnait comme du cristal, mais, exigeante, ne pardonnait pas la moindre erreur. Un vrai bonheur. À présent, mon répertoire s'était augmenté de mes propres compositions. La guitare était mon jardin, mon île au trésor, mon port d'attache. J'ai attrapé mon instrument sur son trépied, au pied de mon bureau, et j'ai cherché mon carnet dans mon sac pour reprendre un ou deux de mes derniers morceaux.

Et là, l'horreur ! L'horreur absolue ! Il avait disparu !

Mon carnet noir, celui rempli de mes compositions, de mes poèmes en slam ou en musique, de quelques pensées parfois profondes et souvent futiles mais si précieuses à mes yeux. Pas un journal intime, plutôt un déversoir d'orage comme en creusent les terrassiers au bord du canal pour qu'il ne déborde plus sur les magasins du quai et n'inonde plus leurs caves. Un déversoir de tout ce que je ne savais pas dire, des mots, des lignes, des strophes tellement personnelles…

Il n'était plus dans la poche intérieure de mon sac que j'ai immédiatement vidé sur mon lit. J'ai fouillé, fouillé encore. Totalement affolée, j'ai cherché partout, sur mon bureau, dans mes tiroirs. Partout. J'ai recommencé chaque opération, le lit – dessus, dessous –, le sac – dedans –, le bureau, les tiroirs, la chambre de Barny – son lit où je m'étais assise –, la cuisine où j'avais préparé mon goûter, le salon où je l'avais pris. Je suis remontée en catastrophe dans ma chambre. J'ai essayé de me calmer, de réfléchir, de chercher encore, de me rassurer en tentant de me persuader que je ne l'avais peut-être pas pris avec moi ce matin. Mais je savais parfaitement que c'était faux. Je me souvenais très bien avoir avancé, ce midi après le self, de quelques vers un de mes derniers morceaux, intitulé *Encore un peu de toi*. Je me voyais le sortir de la grande poche de mon sac et faire mes corrections avec le stylo vert qui m'était tombé dans la main.

    Enzo... Enzo l'avait récupéré. Lui ou un de ses complices. Tout à l'heure, lorsque mon sac s'était vidé sur le trottoir. Mon carnet noir secret, plus important que mon portable, ce demi-cahier en moleskine, l'objet le plus intime qui m'appartenait était tombé entre les mains d'un garçon à qui j'avais refusé un baiser, que j'avais humilié en public, et qui à présent m'en voulait à mort. Sur la page de garde, mon nom et mes coordonnées précédaient ce message ridicule : « Si vous trouvez ce carnet, interdiction de lire la suite. Merci de contacter immédiatement sa propriétaire. » Il n'en fallait pas plus à Enzo pour se délecter de chaque page. « Tu as un problème avec moi, Marion ! » avait-il lancé. Il n'y avait rien de plus vrai !

J'ai eu envie de hurler, de mourir, de n'avoir jamais existé, je me suis contentée de m'effondrer, perdue, complètement perdue, sur la moquette, dans un coin de ma chambre, le dos contre le radiateur, comme une pauvre gamine punie, au coin, en larmes. Punie de quoi ?

— J'ai perdu ! a fait Barnabé en entrant dans ma chambre.

Je suppose qu'il parlait de sa partie. Il s'est arrêté en me découvrant prostrée.

— Qu'est-ce qui se passe, Marion, pourquoi tu pleures ?

C'est lui qui a pris, pour Enzo et sa clique, pour le monde entier. C'est ainsi. La vie est souvent injuste, l'ouragan est tombé sur lui mais n'a pas réussi à le jeter dehors.

— Fous-moi la paix ! Je veux que vous vous tiriez tous de ma vue. Toi, maman, tous les autres ! Étouffez-vous avec toutes les pizzas de la terre, avec toutes les tartes aux oignons, avec vos chauves-souris et vos Paolo ! Quand vous lâchez vos écrans, comme par miracle, vous vous rendez compte que le monde existe autour de vous, mais c'est toujours trop tard, bien trop tard ! Je veux crever ici, maintenant ! Fous le camp de cette chambre et de ma vue !

J'étais écarlate de rage et de malheur, le visage trempé de larmes.

— Eh bien non, je pars pas, moi ! Je t'aime trop pour qu'il t'arrive du mal, et je te laisserai jamais partir, comme papa. Je suis pas un abandonneur, moi ! Et c'est vraiment pas drôle comme tout le monde crie dans cette maison, aujourd'hui. Et quand ça ne crie pas, ça pleure ! C'est nul ! Vivement que je sois plus grand pour régler leurs comptes à tous les amoureux qui vous font du mal à maman et à toi.

— C'est pas une histoire d'amour, imbécile ! J'ai perdu quelque chose à quoi je tenais énormément. Casse-toi, Barny, je t'en prie, laisse-moi tranquille ! ai-je craché un peu moins violemment, entre deux sanglots.

— Perdre quelque chose... quelqu'un... c'est ce que je dis, c'est bien une histoire d'amour. Et c'est pas parce que j'ai perdu au niveau 5 que je suis un imbécile, et c'était n'importe quoi ton idée avec les olives noires ! Mais moi, je t'aime de toute façon, et là, y'a pas de niveau. Je t'aime bien mieux et bien plus fort que tous les autres.

Au lieu de sortir, il a traversé la chambre, comme un prince, charmant et triste, et il est venu s'asseoir près de moi pour coller son dos aux rails inconfortables du radiateur. Ensuite, lui aussi a relevé ses genoux sous son menton, et il a placé sa tête et ses boucles brunes incoiffées et incoiffables dans ses mains.

— Tu fais quoi, là ? j'ai demandé, déconcertée. Je t'ai dit dehors, s'il te plaît !

— Je vais te prendre de ton chagrin, t'en as bien de trop, tu peux partager. Et puis, comme ça, ça t'aidera. Pour passer la grotte, les chauves-souris, il ne fallait pas leur donner à manger des olives ou autre chose, il fallait juste attendre qu'il fasse jour pour qu'elles s'endorment. Ça y est, je crois que ça vient.

— De quoi tu parles, Barny ? Fiche-moi la paix, je t'en prie !

— Mes larmes, je sens qu'elles viennent. Tu vas voir, ça va t'en faire beaucoup moins.

Il a pleuré, solidaire et sincère, jusqu'à ce que ça se tarisse dans mes yeux. Des garçons pareils à Barnabé, ça n'existait pas en plusieurs exemplaires. Nulle part. Hélas.

Chapitre 3

Pas besoin d'avoir sué pendant des années sur les bancs de la fac de psycho pour savoir que j'avais un problème avec les garçons. Tous les garçons. Et ce mardi, plus particulièrement avec Enzo.

Alors qu'il avait passé tout son lundi à me courir derrière et à me coller, Enzo, toujours aimanté de sa bande, m'évitait désormais.

Il jouait toujours au coq de basse-cour dans celle du collège, mais à bonne distance de moi. En d'autres circonstances, cette attitude m'aurait plutôt arrangée, mais pas aujourd'hui. C'était l'évidence, il savait que j'allais devoir faire un pas vers lui pour récupérer ce qu'il avait trouvé sur le trottoir la veille. Sûr de lui, comme d'habitude, tellement sûr de lui, il semblait attendre que je me décide en faisant mine d'ignorer jusqu'à mon existence.

Je comptais sur un moment où il se retrouverait seul, mais de toute la matinée il n'y en eut aucun.

L'idée que les textes inédits de mes chansons se soient retrouvés entre ses mains, lus par ses yeux, peut-être même partagés avec ses imbéciles de copains, m'était chaque instant de plus en plus insupportable. À midi, je me décidais à traverser le réfectoire avec mon plateau.

— Faites gaffe, les mecs, folle violente et hystéro en vue, à bâbord ! a fait Mounir en me voyant me planter devant la table où Enzo, en souverain, présidait le repas, entouré de ses ministres et conseillers de pacotille.

— Enzo, je voudrais te parler ! ai-je dit, sans doute trop solennelle, en ignorant la réflexion de Mounir.

— Lui parler, ou essayer de le faire changer de sexe ? a insisté Mounir, très en verve ce midi. Avec une nana comme toi, on ne peut être sûr de rien...

— Toi, si j'ai quelque chose à te demander, je te sonne comme un larbin. C'est bien à ça que tu sers ? Enfin, parfois j'ai des doutes que tu serves vraiment à quelque chose !

Mounir a bondi aussitôt, entraînant avec lui, son plateau et tout ce qu'il contenait. Les spaghettis ont dédicacé la table et son pantalon.

— Arrête ! Elle voulait plaisanter, a fait Enzo, intimant à son copain de se rasseoir. Laisse-la, c'est après moi qu'elle galope, cette gazelle ? N'est-ce pas, Marion ?

— Je veux juste te parler.

— Je t'écoute, mon amour !
— Seule à seul ! ai-je trouvé le cran d'ajouter.
— Oh là, ça devient super chaud bouillant, cette histoire ! s'est écrié Ricardo au bout de la table.
— Torride de chez torride ! a trouvé drôle de la ramener Valentin.
— C'est à cause des bolognaise ? a demandé Enzo.
— Pardon ?
— Ouais, Marion, c'est à cause des pâtes bolognaise que tu te crois dans un western spaghetti. Style, on règle nos affaires au colt à six coups, dehors, devant le saloon... C'est ça ? Toi tu fais Calamity Jane et moi je joue Lucky Luke.
— Bien vu, Enzo ! ont ricané les quatre imbéciles.

Mounir aussi, mais un peu moins à cause de son pantalon sur lequel cet imbécile n'avait réussi qu'à étaler un peu plus de sauce avec une serviette en papier trempée.

— C'est ça ton problème, un de tes problèmes, Enzo, tu te prends pour un cow-boy... Te parler, pas te tuer. Du moins pas tout de suite !
— Là, je mange ! T'as pris rendez-vous ? Non, alors tu vois avec mon secrétariat, a-t-il fait en désignant ses copains.

Fier de lui, il a replongé son nez dans son assiette trop remplie. Dociles, ses sbires se sont mis aussitôt à l'imiter, même Mounir qui franchement avait l'air plutôt écœuré du carnage dans son plateau.

Brusquement, au milieu de ce réfectoire trop bruyant et de ses tables toutes pleines, je n'existais plus. Les garçons, je n'avais pas les codes, avec ce genre de mammifères là. J'étais en panne d'idées. Une autre que moi aurait sans doute trouvé le moyen de faire sortir Enzo de cette grande salle, de le décider au moins à changer d'attitude. La séduction ? C'était sans doute trop tard pour essayer, et cet idiot me mettait si mal à l'aise. Un mélange incompréhensible de trouble et de dégoût. Les larmes ? Elles n'auraient signé qu'un peu plus son triomphe. J'allais repartir perdante lorsque Enzo a sorti son portable de sa poche pour consulter un message qui venait de lui arriver. Je n'ai pas réfléchi plus longtemps, j'ai contourné la table, posé mon plateau au bout, en face de Ricardo, à la seule place libre qui restait et je me suis assise, à leur grand étonnement à tous les cinq. J'ai fait mine de m'intéresser à un repas dont je n'avais que faire, en tripatouillant du bout de ma fourchette dans une assiette de concombres à la crème qui n'aurait inspiré personne. J'attendais qu'Enzo repose son iPhone à côté de son plateau, et au moment opportun j'ai bondi dessus. Aussitôt armée de l'appareil, j'ai plongé ma main dans le broc d'eau.

— Je le lâche immédiatement dans la flotte si tu ne sors pas tout de suite dehors pour qu'on parle. C'est que ça doit coûter un bras un joujou pareil. Je dis un bras, parce qu'un cerveau, c'est pas dit que tu en sois doté...

— Marion, tu joues ta vie, là ! Tu sais que tu joues avec ta vie !

— Eh bien, tu vois, Enzo, pour une fois, on est exactement sur la même longueur d'ondes toi et moi. Mais peut-être que t'as un portable amphibie...

Ma main est descendue de quelques centimètres dans le récipient. L'extrémité du téléphone caressait l'eau.

— Immédiatement ! Tu sors et je te rejoins !

— Elle a pété un câble ou alors elle est folle de toi ! a essayé de ricaner Valentin.

— Tu allonges ta facture avec moi, Marion. Ça va devenir exorbitant, je ne suis pas sûr que tu aies les moyens.

— Occupe-toi plutôt d'avoir les moyens de te payer un autre téléphone si tu ne bouges pas tes fesses de cette chaise tout de suite.

Les quatre autres attendaient un signe du chef pour intervenir. Aux tables voisines, des fourchettes s'étaient arrêtées de racler dans les assiettes et des discussions s'étaient interrompues pour considérer mon étrange manège. On hésitait entre taquinerie d'élèves et règlement de comptes crucial. Les distractions étaient si rares ici.

Sans un mot, tout doucement, Enzo a déroulé sa grande carcasse et s'est enfin levé de la table. Abandonnant son plateau, il s'est dirigé vers la porte de sortie. J'ai attendu qu'il soit dehors pour le suivre. J'avais sans doute l'air totalement ridicule en tenant ce broc aux trois quarts vide dans une main, le téléphone dans l'autre.

— C'est à cause d'hier, tout ce cinéma ? il a demandé.

Je voyais bien qu'il tentait de garder un peu de sa superbe, mais sans son public, le ton n'était déjà plus exactement le même. Plus doux, plus normal.

J'ai ressorti l'appareil du récipient et je le lui ai tendu sans un mot. Les voleurs qui volent les voleurs, les meurtriers qui tuent les assassins, très peu pour moi. Il s'est empressé de ranger son bijou de technologie dans sa poche après avoir vérifié son bon fonctionnement.

— Tu veux quoi, là ! T'excuser pour hier ? Dépêche-toi, je suis pressé.

— M'excuser de m'être fait voler et vider mon sac ? Non, tu veux rire ? Tu as ramassé quelque chose auquel je tiens plus que tout et qui m'appartient. Je veux que tu me le rendes, c'est tout.

Il a hésité un instant. Il avait récupéré son bien, il pouvait me planter là, et retourner à ses pâtes tièdes et sa bande de frimeurs.

— Ce carnet noir, il ne regarde que moi, personne d'autre ! ai-je fait, sans doute trop fort et trop désespérée.

Je constatais un peu tard qu'Enzo goûtait ma panique avec plaisir.

— Oui, peut-être...
— Non, Enzo ! Ça ne se discute pas ! Je t'en prie, c'est important pour moi, très important.
— Il est chez moi... Tu penses bien que je ne me suis pas ramené avec ton machin aujourd'hui !
— Mon machin...
— Oui, enfin, ton carnet noir, si tu préfères.
— Ce soir, je t'accompagne jusque chez toi et tu me le rends !
— Pas possible, j'ai basket et j'y vais directement après les cours, et mon entraînement ne finit pas avant 21 heures. T'as pas de bol, demain les profs ont une journée pédago machin. Jeudi. Tu peux attendre jeudi.

Je le sentais, il goûtait ma déception et s'amusait sans doute de moi. Un chat et une souris. Il allait me laisser là, comme une pauvre gourde qui lui avait rendu son portable trop vite et trop honnêtement. En même temps, son ton était plus tranquille, plus posé, franchement plus attentif. Le mien beaucoup moins.

Je dois reconnaître qu'Enzo, sans sa cour, pouvait être beaucoup plus normal, presque craquant.

Ne pas m'y fier !

— Je ne veux pas attendre jeudi ! Tu te débrouilles !

D'une main, je venais de saisir son avant-bras pour m'accrocher à son sweat, dans l'autre la carafe d'eau continuait à m'encombrer.

— Sinon ?

J'ai détesté la grimace tordue qui a fait remonter les encoignures de ses lèvres.

— Sinon... (Il fallait bluffer, avec un pareil animal, essayer de l'atteindre par les sentiments ou la pitié ne menait à rien.) Sinon, tu finis ton année à l'hosto ! Tu m'as bien entendue ? Ce ne sont pas juste des mots pour parler, Enzo, pas une menace en l'air, si je n'étais pas si sûre de moi, tu penses bien que je ne t'aurais pas rendu aussi rapidement ton iPhone.

Je n'ai pas compris ce qui s'est passé à ce moment-là. Enzo aurait très bien pu détacher violemment ma main qui l'agrippait toujours et m'abandonner à mes suppliques de pleureuse. Éclater de rire de cette menace assez lamentable, prendre à témoin quelques élèves qui traînaient dans le coin... Tout cela, c'était dans sa palette. Au contraire, avec une délicatesse que je ne lui connaissais pas, il a saisi le broc d'eau qu'il a posé sur une poubelle à la sortie du réfectoire et m'a doucement entraînée plus loin, hors d'atteinte des élèves qui sortaient de table et lambinaient pour mieux nous épier.

— Marion, je ne suis pas l'ordure que tu imagines. Je suis désolé de mon attitude d'hier, tu sais. Vraiment désolé, j'ai fait preuve d'une maladresse pas croyable. Je ne l'ai compris qu'hier soir, tout comme j'ai compris à quel point ces pages comptent pour toi, et je ne suis pas si naze que tu penses.

Essayer de ne pas m'y fier !

— Tu l'as lu !? Tu as lu ce qu'il contenait ? ai-je fait, horrifiée.

Qu'est-ce que j'imaginais, un garçon comme lui ne pouvait avoir résisté à une pareille aubaine.

— Demain après-midi ! Au square Beker, à 15 heures, je te rendrai ce que je ne t'ai jamais volé. Tu sais, Marion, j'aimerais sincèrement que tu acceptes mes excuses pour hier. C'est important pour moi. Tellement important... Je suis sérieux. Tu n'as jamais rien compris de mon intérêt pour toi. Non, intérêt, c'est pas le bon mot. Toi tu les as, les mots. Je le savais, j'en ai eu la confirmation dans tes pages. Moi, les mots, je rame tellement pour les choper.

— Tu l'as lu...

C'est tout ce que j'étais capable de répéter bêtement.

— Oui, Marion, en partie, et du peu que j'ai lu, je peux te dire que j'ai trouvé cela très fort. En même temps, je viens de te le dire, ça ne m'étonne pas qu'une fille comme toi ait ce talent. Mais c'est autre chose que tes rédacs et tes exposés. Franchement. Alors, tu veux bien m'excuser ? Je t'en prie, Marion.

Ses yeux brillaient d'émotion. Des larmes ? Chez lui ?

Il attendait ma réponse comme si sa vie en dépendait. Brusquement, disparues ses singeries de frimeur, ses invectives de petit chef. Je me sentais si déstabilisée.

Ses yeux clairs étaient fixés sur moi et Enzo réussissait à soutenir mon regard sans ciller. Cow-boy n'était peut-être pas la meilleure image. J'ai rougi. J'ai senti que je rougissais, émue du compliment et de cette brusque et si inattendue proximité entre nous. Voilà qu'une étrange émotion me submergeait. Ce garçon qui m'énervait sans cesse, et qui, en rien, ne me correspondait, voilà que j'adorais sa présence et son sourire si touchant. Peut-être à cause du compliment. Sans doute parce qu'il détenait mon précieux carnet. Probablement parce qu'il avait lu non seulement mes chansons et mes poèmes, mais aussi ce que j'avais écrit sur mes séances de pose devant la glace de la salle de bains, sur la taille de mes trop petits seins, le galbe de mes trop grosses fesses, sur mon nez trop long, mes sourcils trop fournis, ma peur de ne pas plaire, de ne jamais rencontrer un garçon qui m'aime, sur ma terreur encore plus gigantesque d'être plaquée et d'avoir mal, aussi mal que maman. De tout ce que j'avais confié à ces pages au sujet de ma mère justement, et de ses quêtes maladroites d'amoureux qui ressemblaient à tout, sauf à un exemple pour sa fille pour qu'elle réussisse à s'adresser simplement aux garçons. Ma vie était pleine de trop, de pas, de moins et de plus. Une ribambelle de monosyllabes invariables, aussi lourdes à porter que faciles à aligner. Enzo avait lu tout cela et ne s'en moquait pas.

Alors oui, me fier à lui ! Et aussi parce que son ton et son attitude avaient si radicalement changé en quelques minutes.

Voilà que le goût amer de son baiser volé et dégoûtant hier soir m'apparaissait plus sucré, tout à coup plus délectable.

— Marion ?

Je n'avais pas ressenti un tel trouble depuis... Je n'avais jamais ressenti un tel trouble, et je crois qu'il a dû répéter sa question deux fois avant que je daigne lui répondre.

— Demain, 15 heures, square Beker, ça te va, Marion ? Mais je t'en supplie, je ne te demande pas la lune, mais au moins de changer d'avis à mon égard.

— Oui, ai-je laissé échapper, au bout d'un moment, toujours sur mon nuage.

C'était un oui autant pour le rendez-vous que pour le reste.

— En face de la fontaine Wallace... Tu vois où c'est ?

— Oui... j'ai balbutié totalement sous hypnose.

Il a souri – Dieu que ce sourire était craquant ! –, sans doute conscient de l'état dans lequel il me plongeait. Pour signifier que notre conversation était terminée, il a posé délicatement sa main sur mon avant-bras. Quelques secondes. Aurait-il branché une prise électrique sur ma peau, le frisson qui m'a parcourue n'aurait pas été plus intense. J'ai adoré. Moi qui avais refusé qu'il me touche hier, voilà que je succombais.

Il a disparu par la porte de sortie du self, en profitant des élèves qui le quittaient une fois leur repas terminé. Il avait faim, ou envie de retourner à ses amis, ou envie que je le regarde s'éloigner de dos. Ou les trois. Joli dos. Cow-boy... On s'invente les soleils couchants qu'on peut.

Je n'avais pas faim, du moins pas de spaghettis bolognaise ou de concombres à la crème. Je crois que, malgré moi, j'attendais déjà, impatiente, mon rendez-vous programmé dans vingt-cinq heures. Pour récupérer mon cher carnet noir... et plus si affinités, comme on l'envisage sur les sites de ma mère.

Enzo a été d'une remarquable et si délicieuse discrétion tout le reste de la journée. Comme s'il voulait me démontrer le côté délicat que j'avais si facilement ignoré chez lui. Chaque minute, il me semblait de plus en plus évident que je m'étais trompée, et bien trompée à son sujet. Beaucoup moins au sujet de ses copains qu'il n'avait visiblement pas mis dans la confidence à propos de notre rendez-vous. Il avait raison, ce moment n'appartenait qu'à nous.

J'ai plané comme ça tout l'après-midi. Des policiers m'auraient fait passer un alcootest quand je suis sortie du collège, je suis certaine qu'il aurait été positif.

Chapitre 4

La façon dont Barnabé comprenait les choses était toujours aussi stupéfiante qu'épuisante.

— Dis donc, toi, t'as fumé ou alors t'as bu ?

Il m'a balancé cela entre deux bouchées de brioche aux pépites de chocolat, tout en gardant un œil sur les hurlements d'Homer Simpson sur l'écran de la télé de la cuisine, et aussi simplement que s'il m'avait demandé, ça a été ta journée ? Ou bien, tu peux me passer la confiture de myrtille ?

— Mais pas du tout ! Je n'ai même pas mangé ce midi ! ai-je répondu, un peu déstabilisée de sentir que mon état d'apesanteur soit si visible, plusieurs heures après mon échange avec Enzo.

— Je te parle pas de manger, mais de boire. N'empêche que t'as un peu la tête de Raymond.

— Raymond ?

— Si, tu sais bien, le gros nul que maman avait ramené à la maison et qui se resservait des verres de whisky en douce pendant que maman allait remplir les bols de gâteaux apéritifs à la cuisine.

— Tu m'insultes, Barny ! Celui-là, tu lui avais mis un 3 sur 10.

— Et encore, parce qu'il m'avait offert des figurines Soliman Perfect à mon anniversaire. Ouais, t'as fumé ou t'as... Ou alors t'es amoureuse.

— Pas que je sache ! j'ai répondu, trop vite pour qu'il se taise. On ne l'a pas déjà vu, cet épisode ?

— Tu changes trop vite de sujet pour que je me sois trompé, tu peux me passer le Nutella, ils mettent pas assez de chocolat dans ces brioches, si c'est l'épisode d'Halloween, on l'a vu il y a six mois, mais pas sur la même chaîne, c'est pour ça, alors t'as un amoureux, oui ou non ? Tu me dis son nom ?

— Ils ont bien fait d'embaucher un génie comme toi dans la police, Barny ! Y'a pas un criminel qui va pouvoir dormir tranquille dorénavant.

— Donc t'es amoureuse, mais c'est pas non plus un crime d'être amoureuse !

— Je te le dirai quand je le saurai. Mais t'inquiète pas, tu resteras toujours le seul vrai homme de ma vie.

— Mais de toute façon, je te l'ai dit hier soir, tes chansons, tu les connais par cœur. T'as pas toujours besoin de ton carnet noir quand tu les chantes dans ta chambre. Et puis tu les as enregistrées sur ton ordi. Il est moins bien que les autres, cet épisode.

— Mais... je... Pourquoi tu me parles de ça maintenant, toi ?
— J'aime pas quand ils font mourir Homer ou Bart.
— Barny, tu as très bien compris ma question !
— Hier, tu pleurais parce que tu l'avais perdu, aujourd'hui, t'arrives du collège comme si t'avais rencontré un extraterrestre, je veux dire, un gentil extraterrestre, je me dis que soit c'est cet extraterrestre qui t'a rapporté ton carnet, soit t'as autre chose qui t'occupe bien plus la tête.
— Arrête de te dire des trucs, Barny ! T'es fatigant parfois, et quand je dis parfois, c'est parce que je manque de vocabulaire !
— N'empêche que toi, tu dis pas tout, Marion !
— Personne ne dit tout, inspecteur Barny ! Dis-moi, t'as pas du calcul, de la lecture ou je ne sais pas, moi, un essaim de chauves-souris à pulvériser, plutôt que de me prendre la tête ?
— Si, moi je dis tout ! La maîtresse a même expliqué à maman que c'était ça mon problème en classe.
— Elle a aussi affirmé que tu étais très en avance pour ton âge et qu'elle pensait te proposer de sauter une classe.
— Pas question ! Je veux pas perdre mes copains, et puis je suis sorti de la grotte, alors maintenant ce sont des dragons. Tu vois bien qu'il était nul cet épisode ! Tu débarrasseras la table ? Tu veux bien ?

— Oui, d'accord !

— Tu vois, t'acceptes n'importe quoi, je le savais bien que t'étais amoureuse ! a-t-il fait en attrapant son cartable et en filant vers sa chambre.

Oui, mon petit frère comprenait beaucoup de choses.

Je suis montée dans ma chambre après un rangement très rapide de la cuisine, j'ai attrapé ma guitare, la sèche à douze cordes, pas l'électrique, pour entonner mon dernier blues en cours d'écriture. Je l'ai chanté, délicatement, avec intro, en m'appliquant, comme si Enzo avait pu se trouver là, assis sur le tabouret de bar, près de la fenêtre, et qu'il avait été mon seul public.

Encore un peu de toi, encore,
même un bourreau m'accorderait ça.
Un peu de ton parfum encore,
Un baiser, ou deux, j'adorerais ça !

— C'est pas mal, ce truc. Je comprends pas tout très bien, « même un bureau » ? De quel bureau tu parles ? a demandé Barnabé en passant sa petite bouille par une porte à laquelle il n'avait pas jugé bon de frapper.

— Un bourreau, Barny ! Pas un bureau !

— Ah ouais, je comprends mieux ! T'as écrit ça à cause de papa ? Non ?

— N'importe quoi ! J'ai écrit ça, c'est tout ! je me suis justifiée abruptement, plus gênée par cette idée saugrenue à laquelle je n'avais même pas pensé que d'avoir été surprise par mon petit frère.

— T'es sûre ?

Non, pas si saugrenue que ça, Barny.

— Bon alors, c'est bien ce que je disais, t'es raide amoureuse, a-t-il éclaté de rire, triomphant, avant de déguerpir vers ses dragons.

Barnabé comprenait tout. Sans doute plus encore depuis le départ de notre père.

C'était il y a trois ans. La firme de logiciels informatiques dans laquelle il travaillait allait ouvrir un bureau en Amérique du Sud. Pendant presque un an, il avait passé son temps à faire des allers et retours entre ici et Buenos Aires pour préparer cette ouverture. Il venait logiquement d'en être nommé le grand directeur. Cette fois-ci, plus question d'hôtel et de séjours d'une semaine ou deux. Nous partions tous vivre là-bas ! Papa filait le premier, en éclaireur, pour nous préparer le terrain. Il devait trouver un appartement ou une maison pour nous quatre à Buenos Aires, pendant qu'ici, maman se chargeait de dénicher un locataire pour s'installer chez nous, et préparer nos malles et nos valises. Le seul problème, c'est qu'après son départ papa avait *oublié* d'envoyer les billets d'avion pour qu'on le rejoigne.

Oublié, c'est une façon de parler...

Durant la première semaine, maman s'était ruinée en appels sur son portable et à son tout nouveau bureau. Elle s'était aussi ruiné la santé en espérant un coup de fil même la nuit, à cause du décalage horaire. Elle avait fini par le joindre et vite compris l'abominable réalité. Elle s'était résignée à vider nos malles et nos trop nombreuses valises. Elle avait ensuite téléphoné à l'agence immobilière pour tout annuler de la location, bloqué leur compte en banque commun et saisi qu'elle avait fait une terrible erreur en envoyant trop vite sa lettre de démission de l'entreprise de négoce de vin et spiritueux où elle venait d'être promue responsable de tous les représentants qui naviguaient dans le pays.

Ma mère avait toujours été une sorte de grande rêveuse, du moins une femme très positive qui ne voyait que des solutions aux moindres problèmes, quelque chose d'assez rassurant pour Barnabé et moi. Le coup de tonnerre – elle ne l'avait vraiment pas senti venir – lui était tombé dessus comme, j'imagine, une voiture qui grille un stop et vous envoie passer les années qui viennent à l'hôpital. Vous traversez simplement la rue pour aller acheter les croissants du dimanche matin à la boulangerie, et vous voilà anéantie, et installée dans l'antichambre de la mort. Maman s'était relevée, sonnée, meurtrie, aigrie et amaigrie de dix kilos, mais, parce qu'elle n'avait pas le choix :

vivante. Nous, Barnabé et moi, restions à son chevet, rien de plus. Comme ces gens qui attendent au bord du lit, qui murmurent des mots délicats, qui se relaient pour s'enfuir marcher quelques pas dans les couloirs de l'hôpital, ou pour pleurer, qui espèrent, mais qui envisagent aussi le pire avec terreur.

C'est à cette période que, dans sa longue chevelure auburn, sur le côté, telle une île déserte, était apparue cette grosse virgule de cheveux morts et blancs. Comme ça, en trois jours. Pas un signe de vieillesse, plutôt une marque indélébile de souffrance. Une île qu'elle demandait régulièrement à sa coiffeuse de teindre, mais qui revenait toujours. En se forçant un peu, on pouvait trouver à cette étonnante mèche de cheveux la forme de l'Amérique du Sud.

— Il a oublié qu'on l'aimait. Il est bête. Trop bête ! répétait Barnabé chaque soir, en essayant de négocier le droit de s'endormir dans mon lit ou dans celui de maman.

« Bête » était une insulte dans sa bouche à l'époque. Un mot qui est vite apparu comme désuet mais pourtant si juste. Plus un seul signe de la part de notre père, pas même une carte postale ou de vœux pour nos anniversaires, Noël ou le jour de l'An. Rien !

1 sur 10, avait-il attribué à notre père. C'est à ce moment que Barnabé a commencé à se mettre à noter les hommes qui passaient à la maison, et pas seulement

eux. Tous les hommes. Le plombier qui s'occupait du contrat d'entretien de la chaudière, comme le facteur qui vendait ses calendriers en fin d'année. Cela concernait aussi bien le vigile de sécurité du Auchan que le poissonnier du coin de la rue. Mon petit frère apprenait à compter après avoir appris qu'il ne pouvait plus compter sur son père.

Car le traître n'avait pas seulement oublié d'envoyer les billets d'avion, mais surtout zappé qu'il avait une femme et deux enfants ! Papa avait attendu de mettre un océan Atlantique entre sa femme et lui avant de lui avouer qu'*il y avait quelqu'un* là-bas, au bord du Rio de la Plata. Elle n'a jamais su ni son nom ni depuis combien de temps. En passant l'équateur et en s'installant dans l'autre hémisphère, ce traître avait visiblement décidé de changer de vie. Même pas capable de régler ses affaires face à face... Comme si on pouvait avoir plusieurs vies... Pauvre type !

Sans la moindre explication, la demande de divorce était arrivée moins d'un mois après son dernier baiser sur nos joues confiantes à la porte de la salle d'embarquement. Maman avait signé tous les papiers officiels, mais après avoir pris soin, avec l'aide d'une armée d'avocats, de lui faire payer sa trahison au prix fort. « Abandon de famille » a été une expression que Barnabé a apprise bien avant de comprendre ce que voulait dire : « Tu crois au Père Noël ? » Et pour payer, elle a vraiment su le faire payer, à la mesure de son affront ! Voilà, à présent il était libre de nous, puisque c'est ce qu'il voulait, mais il perdait tout.

C'est précisément dans l'agence immobilière à qui elle avait confié la location de notre maison que maman retrouva, cinq mois plus tard, quelques heures de travail par semaine. Mais faire visiter des logements, des fonds de commerce ou des greniers à aménager lui permettait simplement de nous maintenir la tête hors de l'eau. Il faudrait se serrer la ceinture dorénavant. La ceinture et le moral...

Veuve sans aucune tombe devant laquelle aller se recueillir, maman avait perdu un mari, mais surtout beaucoup de confiance en elle, et en rab, un besoin constant de vérifier qu'elle pouvait encore plaire à un homme. Quitte à le dégotter au hasard de ses sites de rencontres.

Et moi ? Moi, avec mon prénom débile qui faisait penser à une invitation au mariage, c'était peut-être encore pire pour ce qui concernait mes relations avec les garçons. J'étais une malade, ou du moins une enragée convalescente en longue maladie. Je me mettais obligatoirement à associer les garçons, tous les garçons, à une espèce dangereuse de traîtres, des fourbes qui ne pouvaient au bout du compte que me faire du mal tout en me promettant « l'Amérique ». Sauf que ce mardi soir-là, j'ai espéré de tout mon cœur qu'Enzo, aussi détesté que craquant, puisse peut-être faire exception à cette règle et me sortir de ce vide d'amour et d'affection. Dans mon désert, il pouvait devenir une oasis, mais surtout pas un mirage. Même pour peu de temps, il pouvait être l'amorce d'une nouvelle façon d'être. Quelque chose de plus conforme à une vie de collégienne normale, je veux dire, une fille qui ne regarde pas la moitié de la classe comme des ennemis, des fourbes ou des profiteurs.

Enzo ne m'avait pas juré « l'Amérique », juste de me rendre mon précieux carnet et tous les secrets qu'il contenait. Le lire, c'était déjà les partager avec moi et, en appréciant et en étant touché par les textes de mes chansons, il me faisait le plus beau compliment qui soit. Ne pas les montrer à tous ses imbéciles de copains, c'était choisir de devenir mon complice.

Demain sera mon jour
Si tu sais lire mon amour.
Demain tombera ma fièvre
Si tu peux comprendre le silence de mes lèvres.

Pas de quoi en faire une chanson, mais déjà un chouette début de refrain.

À creuser. Pas comme une tombe, mais comme une bonne piste.

Demain.

Chapitre 5

Pas maquillée, mais taguée, la Cendrillon !

Moi qui ne ratais pas une occasion pour me moquer de ma mère et de son application quand elle se préparait pour un rendez-vous avec l'un des soupirants, j'ai squatté la salle de bains presque toute la matinée. Ce jour-là, en élève modèle, j'ai tâché d'imiter ses manières de grande séductrice.

J'ai ensuite vidé mes placards pour user le grand miroir en pied de ma chambre en de multiples et complexes essayages. Il me fallait choisir une tenue décontractée, mais séduisante, affriolante sans être vulgaire, délicate mais en rien passe-partout. Pas vraiment dans mes habitudes.

J'ai voté pour une jupe bleu turquoise à pois blancs que j'aimais beaucoup et dans laquelle je me sentais assez à l'aise. Je l'ai assortie à un chemisier ivoire dont les deux boutons du haut, ouverts, autorisaient un assez heureux panoramique sur la naissance de ma poitrine et la dentelle de mon soutien-gorge. Le genre de tenues avec lesquelles les filles ne vont jamais, absolument jamais au collège.

Cendrillon allait au bal !

Il me suffirait de refermer ces deux ou trois boutons pour paraître plus présentable et plus sage à mon cours de chant en fin d'après-midi, après mon rendez-vous avec Enzo. Si j'y allais. Pas au rendez-vous, mais à ce cours au conservatoire. Je me sentais si légère que je m'imaginais capable de passer tout l'après-midi sur ce banc du square Beker avec Enzo. De lui chanter quelques-unes de mes compositions s'il désirait savoir ce que donnaient certains de mes textes mis en musique par mes soins. Et puis, comme je préparais pour le concert de fin d'année une version acoustique et très personnelle de *Rolling in The Deep* d'Adèle, s'il le désirait, Enzo en aurait la primeur absolue.

Cendrillon allait au bal, mais sans heure fatidique pour la fin de son tourbillon magnifique. Super confortable. Elle pouvait même animer le bal s'il venait à manquer des musiciens.

Pourquoi m'inquiéter ? Enzo, la veille encore mon futur prince pas toujours charmant, mais qui avait fait preuve d'une rare délicatesse, connaissait à présent tellement plus que la dentelle de mes sous-vêtements. Depuis hier, il avait certainement lu la quinzaine de chansons, les listes de mes envies, de mes espoirs, les faire-part de mes détresses, tous les trésors de mon cher carnet.

Cendrillon n'avait même pas besoin de perdre sa chaussure de vair pour que le prince la retrouve, Enzo possédait maintenant bien plus que ma pointure, il avait entre les mains le GPS de mon âme.

— Tu vas à un mariage ?

Barnabé se tenait au pied de l'escalier et ouvrait grand la bouche en me voyant descendre, ainsi maquillée, mon étui de guitare à la main.

— J'ai mon cours au conservatoire, comme tous les mercredis. Comme si tu ne le savais pas, gros malin !

— Alors, c'est que Mlle Antonetti a été remplacée par un nouveau prof super plus beau, remarque, avec sa moustache, plus beau que ta prof, y a pas de mal, et puis je te signale que si je suis un malin, je ne suis pas gros !

Ne pas s'embarquer dans une discussion interminable avec Barny, surtout pas à moins d'une heure de mon rendez-vous.

— Où est Cathy ? Il faut que j'y aille !

— T'es pressée alors que t'es en avance... Toi tu dis pas tout, alors que moi oui, je dis toujours...

— Barnabé, stop ! Où est Cathy ?

— Comme si je pouvais savoir où elle se cache ?

— Je pense assez normal que tu puisses me renseigner sur l'endroit où se trouve la baby-sitter que maman paie tous les mercredis pour te garder pendant qu'elle est au travail.

— La dernière fois que je l'ai vue, elle comptait jusqu'à 200 dans la buanderie. Je crois qu'elle boudait un peu aussi.

— Pardon ? Tu m'expliques, je suis à la bourre.

— Alors voilà...

— Non, tu me le fais en version courte, parce que je n'ai pas le temps, Barnabé !

— Je l'ai battue à *Warcraft* et je lui ai donné un gage.

— Tu donnes des gages, toi ?

— Elle était sûre d'être meilleure que moi avec les orques. N'importe quoi, si elle savait bien jouer, elle aurait choisi les elfes, surtout dans une partie dans la forêt. Tout le monde sait que les orques, ils ne peuvent pas...

— Abrège !

— C'est quoi ce mot ?

— Ça veut dire, fais des phrases de moins de dix mots !

— Elle perdu. Alors partie cache-cache. Elle doit trouver moi. Cache-cache, ça compte pour un ou pour deux mots ?

Même une étudiante en psycho pouvait se faire trimballer par mon petit frère. Visiblement, Cathy n'avait pas encore terminé ses études. J'ai préféré ne pas attendre la fin de son comptage.

— Tu lui diras que je suis sortie et qu'ensuite j'irai directement à mon cours au conservatoire. De toute façon, elle a mon portable. Barnabé, tu m'écoutes ?

Pas dégoûté, il venait de se plonger dans le grand coffre en rotin sous l'escalier. Celui dans lequel nous entassions nos chaussures en rentrant. Même pour quelques minutes, la cohabitation avec les odeurs de pieds ne pesait pas lourd à côté de son envie de faire tourner en bourrique cette pauvre Cathy.

— Barnabé, j'ai fini de compter ! a lancé Cathy depuis l'autre bout de la maison.

J'ai déguerpi. Cendrillon avait déjà ses chouettes sandales à lacets aux pieds et pas question d'arriver en retard au bal. C'était quoi déjà le nom de son prince ? Je n'étais pas sûre de l'avoir su un jour. Aucune importance, je savais le nom du mien.

*

Doser le temps.

Arriver en avance pouvait me faire passer pour une fille trop impatiente. Trop en retard, pour celle qui ne portait pas autant d'attention à son cher carnet qu'elle l'avait répété la veille.

Doser un peu mon retard, juste pour qu'il regarde l'heure sur son portable au moins deux ou trois fois, et goûte ma tenue de gala et mes efforts à leur juste valeur.

Je suis entrée dans le square Beker avec les quelque sept ou huit minutes de retard que je considérais comme tout à fait réglementaires.

Sauf qu'Enzo n'était pas sur le banc ! Ni sur le banc, ni à côté de la fontaine Wallace. À la place qu'il aurait dû occuper se trouvait un vieux monsieur en train de lire *Le Monde*. Un homme sans doute sourd d'oreille. Sinon, comment expliquer qu'il ait pu supporter le vacarme. À l'autre bout du banc, une jeune femme, l'air épuisée, la main posée sur la poignée d'une poussette, essayait de bercer son occupant. Un animal ou un enfant. Difficile à déterminer, étant donné les hurlements abominables qui s'en échappaient.

Seule au monde, je m'étais bêtement imaginé que ce banc était notre propriété exclusive. Depuis le rendez-vous proposé par Enzo, selon moi, cet après-midi, il ne pouvait y avoir personne d'autre que lui et moi dans ce square à 15 heures. La ville entière devait se cloîtrer chez elle, histoire de nous accorder tout l'espace. Cendrillon n'était qu'une idiote !

Je me suis sentie totalement déstabilisée au milieu de ces cris qui auraient fait fuir tout promeneur normalement constitué. J'ai commencé à le chercher du regard, partout, dans tous les sens, autour de cette maudite fontaine. Je devais ressembler à une belette perdue sortant de son terrier, plus du tout à une princesse.

La jeune femme s'est résolue à se lever et à sortir du square avec son braillard. Pour aller le noyer dans le fleuve, sans doute ! Enzo avait-il pu oublier notre rendez-vous ? Le vieux lecteur sourd aussi s'est éloigné après avoir tranquillement replié son journal. Un peu décontenancée, je l'ai regardé disparaître vers l'aire de jeux et les bacs à sable qui se trouvaient de l'autre côté du square. Après tout, ce type pouvait très bien adorer les hurlements de mômes.

Je me suis assise sur *mon* banc. J'ai posé le sommet de l'étui de ma guitare sur mes cuisses, comme j'avais, je crois, espéré le faire avec la tête d'Enzo.

J'ai attendu, comme une pauvre gourde.

Même pas son portable pour lui faire une scène ! Et lui, même pas le mien pour qu'il daigne appeler et s'excuser...

La gourde se sentait sèche. Je n'arrivais pas à me passionner pour les formes anarchiques des gros nuages gris qui surfaient à la verticale de la ramure des chênes et des bouleaux du square, pour les badauds qui promenaient leurs chiens, leurs enfants, leurs solitudes ou leurs amours.

Au bout de dix minutes d'ennui, alors que je venais de décider d'en accorder encore cinq à Enzo, je l'ai vu arriver.

Comme un prince. Je veux dire sans courir, sans paniquer à l'idée de m'avoir loupée, son grand sac de sport noir pendu au bout de son épaule battant le long de sa cuisse.

J'aurais voulu me dessiner une tête de jeune fille outragée, mais je me suis entendue lui répondre : « C'est pas grave » quand il s'est assis à côté de moi en déclarant « désolé pour l'rtard, Marion ».

— C'est ta guitare ? il a demandé, en désignant l'étui qui squattait une partie du banc.

— Non, c'est une mitraillette ! Je ne sors jamais sans, le mercredi après-midi ! ai-je répondu. Et mon carnet, tu me l'as rapporté ? ai-je ajouté en désignant son sac posé à nos pieds.

— Non, je l'ai donné à un guitariste qui faisait la manche sur le cours Verne, il voulait renouveler son répertoire.

— T'es bête !

J'ai pouffé plus fort que je ne l'aurais voulu. Je sentais son odeur musquée et j'étais si heureuse qu'il soit là.

— Pas autant que tu le crois ! Pas autant que tu l'imagines chaque jour au bahut, Marion !

Il a dit cela avec un sérieux et une profondeur déroutante.

— Je ne pense plus cela de toi, et tu le sais bien. Je crois que tu es maladroit avec les filles, mais ce n'est rien à côté de mon incapacité avec les... Enfin, tu vois ce que je veux dire.

J'aurais voulu mieux savoir le contredire, mais il venait de passer son bras derrière mon dos. Comme si cela avait été la chose la plus naturelle du monde, la seule réponse intelligente. Il a posé sa main sur mon épaule, délicatement. Je l'ai laissé faire parce que j'ai sincèrement aimé qu'il fasse cela. Cela valait mieux que des tonnes de discours. Tout aussi délicatement, il m'a rapprochée de lui, de son épaule et de son cou. C'était aussi normal qu'agréable. Nous sommes restés une éternité d'une minute ou deux sur ce point d'équilibre et j'ai enfin laissé ma tête basculer contre lui, contre son torse. Il m'a serrée davantage. J'entendais son cœur battre, ou le mien. C'était dorénavant le même. J'ai adoré ne pas savoir si je devais tout de suite relever la tête vers lui pour l'embrasser, j'ai adoré plus encore que ce soit lui qui vienne chercher mes lèvres avec les siennes. Nos dents se sont un peu entrechoquées, je paniquais. Pas de ce premier baiser trop rapide, mais de ne pas savoir m'y prendre. Ce qu'on voit au ciné ne raconte pas tout et ne rend pas moins maladroit. Il a ouvert mes lèvres pour glisser sa langue, et parce que je ne savais pas bien faire, j'ai tout imité comme la bonne élève que je suis. Je crois que je tournais un peu trop vite, ma langue prenait des allures d'hélicoptère, et il a fallu que je calme un peu le mouvement pour mieux goûter la saveur de ce baiser. C'était délicieux. Une apnée absolument vertigineuse. Les yeux fermés, j'étais tellement attentive à ce festin que je ne me suis pas rendu compte tout de suite qu'Enzo avait posé une main sur mon chemisier et pétrissait mon sein. Est-ce qu'il voulait vérifier ce que je racontais dans mon carnet sur leur taille ridicule ? Il avait l'air d'aimer. Il a déboutonné le haut de mon chemisier et a précisé sa caresse directement sur mon soutien-gorge. Il a laissé là sa main, déjà triomphant de ma petite poitrine, lorsque nous avons séparé nos visages pour nous regarder et reprendre un peu notre respiration. J'ai rabattu mon décolleté trop ouvert. J'ai continué à sourire, pas seulement pour répondre à son sourire, mais parce que je chavirais et c'était encore mieux que ce que j'avais imaginé et espéré.

Comment avais-je pu détester ce garçon si amoureux ?

À présent sa main jouait du piano sur mon ventre. J'ai continué à sourire, sans doute un peu bêtement. Ses doigts explorateurs poursuivaient leur tour du propriétaire quand il a repris ma bouche qui apprenait vite. Sa main a attaqué mon genou puis ma cuisse. Il grignotait des centimètres pour explorer plus haut. Délicatement, j'ai posé ma main sur la sienne, autant pour mieux la sentir que pour qu'il n'aille ni trop loin ni trop vite. Cela l'a amusé. Alors j'ai ricané pour être en harmonie avec lui. Cendrillon voulait rester au bal.

Mais Enzo n'a pas fait que glousser.

Je n'ai pas bien compris ce qui se passait. Il a libéré sa main de la mienne pour sortir son portable de sa poche. Il l'a regardé. Et s'est levé. Un peu trop vite à mon goût.

— Cinq minutes ! a-t-il crié en se retournant en direction des buissons de rhododendrons, derrière notre banc. Tu me dois vingt euros, Mounir ! Et toi aussi, Bastien ! a-t-il ajouté. Vous avez perdu le pari, les mecs !

— De quoi... ? Qu'est-ce que tu... ? j'ai bafouillé toujours dans le brouillard.

Il ne m'écoutait pas.

— J'ai mis moins de cinq minutes, les gars ! Et encore, avec cinq de plus, je vous raconte pas ce que j'obtenais d'elle ! a-t-il poursuivi, toujours aussi hilare.

Là, j'ai paniqué. Mais vraiment paniqué. Comme si un gel glacé avait parcouru toute ma colonne vertébrale pour remonter jusqu'à ma nuque. Mes cheveux se sont hérissés et mes mains, si joyeuses quelques instants auparavant, sont devenues brusquement moites.

Tétanisée, Cendrillon passait du grand salon à la cave.

En face du banc, de l'autre côté de l'allée et contournant la fontaine, se tenait Valentin. Avec un air triomphant, il brandissait son smartphone.

— C'est dans la boîte ! T'as vraiment assuré comme un chef, Enzo ! Moins de cinq minutes ! Un vrai record !

Dans mon dos, Mounir et Bastien, les deux autres copains d'Enzo, venaient eux aussi de sortir de leur cachette et rappliquaient, tout aussi heureux de ma surprise.

Perdue, je les ai tous regardés se claquer dans les mains pour congratuler Enzo, leur champion. Je tremblais de douleur, je me sentais tellement humiliée. Cendrillon n'était pas une princesse, mais une souillon. Elle n'avait jamais cessé de l'être. Elle s'était imaginée invitée au bal, on ne l'avait sonnée que pour une abominable farce, et pour faire le ménage. Cendrillon n'était qu'une servante.

Avec le peu de force qui me restait, je me suis baissée sur le sac de sport d'Enzo et l'ai ouvert aussi vite que j'en ai été capable. Même pas envie de le lui voler, de déchirer son contenu. J'ai fouillé entre les tee-shirts de basket, les chaussettes puantes et les genouillères. Il n'y avait rien à moi là-dedans.

— Tu fais quoi, là ? s'est précipité Enzo en récupérant violemment son sac.

Il avait l'air outré que j'ose toucher à ses affaires. Un comble, mais nous n'en étions plus à un paradoxe près.

— Mon carnet noir ! Rends-moi mon carnet, immédiatement, j'ai simplement dit.

Une autre que moi aurait griffé ce visage, crevé ces yeux, étranglé ce cou, ouvert ce ventre afin d'en arracher le cœur à condition qu'il en cache un.

— Qu'est-ce que j'en sais, moi, où il est ton carnet ? Je ne l'ai jamais vu, ton truc à la noix.

Comment avais-je pu être si bête et faire passer Enzo de pauvre nul du collège à prince charmant en moins d'une seule journée ?

— De quoi elle cause, cette pute ? De son carnet de bal ? Mais c'est pas vrai, Enzo, tu l'as tellement chauffée qu'elle en redemande ? a demandé Valentin toujours armé de son appareil.

Pute ?

J'ai laissé glisser, du moins j'ai fait semblant de laisser glisser.

— Mon carnet... Je veux simplement que tu me rendes mon carnet noir... je répétais comme une zombie.

— Je t'avais dit que je me vengerais, Marion ! Ton carnet, je ne l'ai pas, je ne l'ai jamais eu ! C'était une blague, et visiblement, t'as pas trop détesté. À ce que j'ai senti, tu y mettais même plutôt du tien. Tu veux qu'on te fasse danser avec mes potes...

— C'est une idée... a lancé Valentin d'un air gourmand.

— C'est sûr qu'elle aimerait...

Bastien s'approchait. Il se tenait devant moi et me collait déjà son haleine dans le cou.

— Alors, t'en veux ? a-t-il demandé en se donnant des allures lubriques.

Il hésitait à aller plus loin.

— Gicle de là !

Je l'ai repoussé d'une main ferme, comme j'ai pu.

— Gicle ? Pas tout de suite, ma poulette... C'est qu'elle résiste, la p'tite ! Ou alors, elle fait semblant de résister, ça l'excite !

— Laisse, Bastien, a fait Enzo. Estime-toi heureuse, j'aurais pu être beaucoup plus méchant. Bon, en même temps, merci, Marion, tu m'as rapporté 40 balles, et franchement, y a plus désagréable pour gagner des paris !

— Rends-moi mon carnet, c'est tout ce que je te demande ! Il est tombé de mon sac lundi, devant le collège, quand je t'ai mis par terre et que j'aurais dû te castrer pour toujours. Rends-le-moi !

J'étais toujours debout, tremblante de désespoir. Enzo et ses trois complices me faisaient face. Souverains et si fiers d'eux. Nous ne parlions pas la même langue.

— Je ne t'ai rien pris, rien volé, ni lundi... ni aujourd'hui... si tu vois ce que je veux dire... Tu penses bien que si j'avais récupéré ton journal intime, il serait déjà diffusé par photocopies entières dans tout le bahut. Ouais, je te raconte pas l'affichage. Un truc de ouf, digne d'une campagne électorale ! Mais manque de bol, j'ai pas eu cette chance, il a bien fallu que je trouve autre chose pour te faire payer ta dette envers moi.

— Je ne te crois pas... ai-je murmuré.

Je doutais. Effectivement, si Enzo avait récupéré ces précieuses pages, il en aurait fait profiter le monde entier.

— Tant pis pour toi ! Tu vas quoi, aller te plaindre à ton papa ou à tes grands frères ? Qu'ils viennent et je les attends de pied ferme avec mes potes. Mais, avant, je montrerai avec grand plaisir le petit film de Valentin à ton paternel. Il constatera que sa fifille n'a pas été forcée ni à venir ni à me coller, et tout le reste. Allez, casse-toi maintenant, p'tit cul !

Mon papa ?

Cette allusion a été comme un coup de grâce. Mon père, son départ, sa trahison et son absence étaient présents presque à chaque page du début de ce carnet. Enzo ne savait pas pour mon père. Il n'avait donc jamais lu une seule de mes lignes !

J'ai récupéré la caisse de ma guitare et, telle une morte-vivante, je me suis éloignée de ce banc et de cette fontaine. Je suis sortie du square sans me retourner. Les regards d'Enzo et de ses amis pesaient plus lourd sur mon dos et mes épaules que le souvenir de sa main affectueuse tout à l'heure.

P'tit cul ?

Non, vraiment, il n'avait pas lu mon carnet, et ne m'avait pas regardée plus que ça. Lundi, il cherchait à m'embrasser pour amuser la galerie ou pour faire de moi un prénom de plus sur sa liste de tombeur, aujourd'hui pour m'humilier. Cendrillon était encore plus rêveuse et plus nulle que sa mère...

Marcher. Du moins réussir laborieusement à placer un pied devant l'autre, puis recommencer, puis recommencer...

Ce serait donc cela mon véritable premier baiser avec un garçon ? Un mensonge, une vengeance et une trahison ? J'avais rêvé mieux. N'importe quelle fille normale aurait rêvé mieux.

Et je n'avais même plus mon cher carnet pour lui confier tout mon désespoir.

Avancer. Un pas. Un suivant... Sans tomber...

J'ai vissé dans mes oreilles les écouteurs de mon portable, pour me donner une contenance, pour essayer de penser à autre chose, pour avoir l'illusion que quelqu'un me parlait. Adèle et son *Rolling in The Deep* a été ma seule compagnie pendant la traversée de la ville. Ce morceau, je me le repassais en boucle pour intégrer parfaitement la prononciation quand j'aurais à l'interpréter lors du spectacle de fin d'année au conservatoire, mais il a sonné comme une mauvaise plaisanterie. Même plus la force de clouer le bec à la chanteuse et ses choristes.

> ... Tu vas souhaiter ne m'avoir jamais rencontrée
> On aurait pu tout posséder
> Les larmes vont couler se fondre dans l'océan
> On aurait pu tout posséder
> Tu vas souhaiter ne m'avoir jamais rencontrée
> ...
> Tu avais mon cœur entre tes mains
> Mais tu as joué avec ses battements...[1]

Je crois très vaguement avoir longé le fleuve un moment, mais je n'en suis pas sûre. Je ne me souviens d'aucune péniche, d'aucun rameur accroché à son aviron, que d'habitude j'aurais volontiers admirés. Mais cette absence de souvenir n'est une preuve de rien.

Avancer encore... Un pas... Un autre...

Je suis arrivée sur la place Laennec. Je suis incapable de me souvenir quel chemin exact j'ai pris pour me retrouver là. Devant l'entrée de l'hôpital, des infirmières en blouse avaient installé des tentes et tout un barnum. Elles manifestaient contre la fermeture programmée de la maternité de la ville. Une poignée d'entre elles distribuaient des tracts aux automobilistes arrêtés au feu

---

1. Traduction à partir de *Rolling in The Deep*, d'Adèle.

rouge, d'autres, autour des tentes, proposaient aux passants de signer des pétitions de soutien. Une grande banderole accrochée dans les branches des platanes battait dans le vent qui s'engouffrait dans l'estuaire et s'invitait dans toutes les rues de la ville. Sur la banderole était bombé en grosses majuscules bleues :

RÊVE GENERALE

J'étais si perdue que j'ai d'abord cru à une énorme faute d'accord. Cendrillon était bonne élève en grammaire. Elle ne supportait pas la faute. Ni celle de son père, ni celle d'Enzo et de ses copains, encore moins la sienne.

J'ai mis un moment à comprendre qu'une branche maîtresse de l'un des arbres me cachait le G. Dans un autre contexte, j'aurais pu adorer ma méprise. Pas aujourd'hui. Décidément, je me méprenais beaucoup par les temps qui couraient. Le G de Gourde, sans aucun doute.

Je m'en voulais tellement. Comment avais-je pu être si naïve au sujet d'Enzo ? La trahison était-elle notre lot ? La marque de nos limites et de notre bêtise ? Maman n'avait pas su tout de suite que Paolo courait plusieurs lièvres à la fois, pas plus qu'elle n'avait senti le sale coup que fomentait papa. Je ne valais pas mieux qu'elle.

Je crois que *Rolling in The Deep* passait toujours dans mes oreilles, mais comment en être certaine ?

J'avais téléchargé à la suite six versions différentes du morceau. Ça, pour m'en imprégner à mort, j'avais fait ce qu'il fallait... À la limite de l'overdose. Pour ce salaud d'Enzo aussi, j'avais fait tout ce qu'il fallait, sauf que pour lui, il ne fallait pas... Je crois que je comptais me rendre au conservatoire quand j'ai commencé à traverser la place devant l'hôpital. C'était là ce que je devais faire le mercredi après-midi, et la zombie que j'étais devenue n'avait pas la force de prendre de bouleversantes initiatives.

Essayer de marcher vers le haut de la ville. Ne pas tomber... Surtout ne pas tomber...

À la limite de l'overdose aussi, pour Enzo...

Je n'ai pas fait trois ou quatre pas. Je crois que c'est là, place Laennec, que je me suis évanouie. Il paraît que la caisse de ma guitare a empêché ma tête de se fracasser sur le coin d'un banc. Encore un banc. Elle n'a pas empêché ma tête de se choper l'angle du trottoir. J'imagine que les infirmières ont fait une pause dans leur mouvement de grève pour venir me ramasser.

Cendrillon perd sa chaussure comme elle peut et dispose des bonnes fées ou des mamans qui lui restent.

Chapitre 6

— ... Je lui donne au moins 8. Et je peux te dire que maman est assez d'accord avec ma note... Eh, tu m'écoutes, Cléopâtre ?

Je n'ai pas tout de suite compris que c'était à moi que l'on parlait. Loin, très loin de moi passait sur l'écran de la télé une publicité pour un gel douche.

— Tu m'écoutes ?

J'ai laissé mon regard dompter les images et dissiper le flou qui les troublait. Sous l'écran, juste au-dessous, se tenait quelqu'un qui ressemblait à mon petit frère. Je ne comprenais pas bien ce que Barnabé fichait, à présent, dans une pub pour une compagnie de gaz et d'électricité.

— Hou, hou... Tu ne m'écoutes pas du tout !

J'ai mis encore un petit instant à séparer l'écran de télé de Barnabé.

Bien sûr que je l'écoutais, mais pour bien le comprendre, c'était une autre paire de manches. Je le distinguais vaguement, à l'horizon de ce lit qui me semblait mesurer au moins trois ou quatre cents mètres de longueur. Et encore, mon Barny, je ne le voyais que comme une sorte d'hologramme. Un Barnabé en relief dont la silhouette aurait été téléportée depuis une autre galaxie jusqu'à cette chambre. Ou alors Barny était tombé de l'écran et avait atterri, là-bas, au bout du lit.

— Et quand je dis 8, je crois que ça peut être plus...

Je n'ai pas percuté immédiatement ce que me racontait mon hologramme adoré, et pas davantage ce qu'il faisait là, seul. Heureusement, avec Barnabé, si on sait trier dans son baragouin et placer les ponctuations, on peut réussir à obtenir des trésors d'information.

— Maman ? ai-je simplement murmuré.

Cela a suffi pour déclencher l'habituel cyclone de paroles de mon petit frère.

— Cathy a reçu le coup de téléphone de l'hôpital et elle a prévenu maman. Elle était en train de faire visiter un ancien entrepôt à l'autre bout de la ville avec des clients super importants, alors elle a demandé qu'on vienne ici et dit qu'elle nous rejoignait au plus vite. On est venus en bus avec Cathy, mais il y avait des travaux pour le tramway dans le centre et ça a pris un temps pas possible, mais c'était pas trop grave parce que dans le bus Cathy a rencontré des copines de fac qui ont dit que j'étais super mignon et craquant aussi et que c'était sûr et certain, que je ferais des ravages plus tard avec les filles. C'était pas grave sauf que j'avais super envie de faire pipi et qu'on pouvait pas dans les embouteillages. Mais tu sais, je me suis retenu jusqu'à l'hôpital, surtout à cause des copines de Cathy, ça aurait été trop la honte de faire dans le bus. En fin de compte on est arrivés en même temps que maman, et c'est pour ça qu'on a cherché les cabinets avec Cathy avant de te chercher. C'était trop urgent. Maintenant je crois que Cathy est rentrée chez elle, ou alors chez son amoureux, mais elle ne veut toujours pas me dire comment il s'appelle. J'ai demandé dans le bus à ses copines, mais elle leur a interdit de me répondre. Tu te rends compte. Elle pense que je ne sais pas garder un secret.

— Barny, arrête, j'ai mal à la tête. Où est maman ?
— Elle remplit les papiers de l'hôpital, Cléopâtre. Mais je crois que c'est compliqué à cause de la grève. Y'a une infirmière qui ne voulait pas trop que je reste tout seul avec toi, mais je lui ai fait ma tête de cocker triste et battu et tellement malheureux, et puis j'ai promis que je ne toucherais à rien, sauf à la télécommande de la télé, mais sans la mettre trop fort, et que j'ai dit que je voulais être là quand tu te réveillerais et que je le dirais au docteur des urgences, celui

à qui j'ai mis 8. Lui aussi, il fait grève, mais pas pour les filles comme toi, si j'ai bien compris. Il s'appelle Didier, mais c'est pas lui qui me l'a dit, c'est l'infirmière, mais elle n'a pas voulu me dire quelle note elle lui donnait, mais maman, je suis sûr qu'elle est d'accord avec moi pour le 8 ou même un 9. Elle s'appelle Geneviève, l'infirmière. T'as mal ? À oui, j'ai oublié de te dire : tu vas pas mourir. Je l'ai demandé au docteur Didier et à Geneviève, ils ont dit que c'était certain de chez certain, tu vas pas mourir. Et puis si je lui mets 8, toi il t'a mis 15 !

Au moins l'hologramme commençait à se dissiper et Barnabé, en me soûlant de son flot discontinu, devenait-il un peu plus concret.

— Il note comme toi, mais sur 20, le docteur ?

— Non, 15, c'est le nombre de points de soudure qu'il t'a faits !

— De suture, tu veux dire ?

— Je sais pas, je connaissais pas le mot, Cléopâtre !

— Pourquoi tu m'appelles comme ça ? J'ai quelque chose au nez ?

— Qu'est-ce que tu me parles de ton nez ? Je te parle du turban que t'as sur la tête. Elle avait un truc au nez, la pharaonne ?

— Laisse tomber... et à l'infirmière Geneviève, tu lui as aussi promis que tu ne me parlerais pas ?

— Ah non, ça je ne pouvais pas ! Tu sais bien que je ne mens jamais !
— Tant mieux, mon Barny, tant mieux !
J'ai fait un gros effort pour me redresser davantage sur le lit. Une douleur atroce m'a aussitôt mitraillé le côté gauche du crâne et a dégringolé par la colonne vertébrale jusqu'aux fesses. J'ai palpé ma tête avec pas mal d'appréhension. Le turban dont parlait mon petit frère était un bandage qui me couvrait la totalité du cuir chevelu.
« Cuir chevelu », c'était une façon de parler. Avec horreur, j'ai immédiatement senti l'absence de mes cheveux sous le bandage. Barnabé a dû comprendre ma surprise.
— Il a dit que ça allait repousser, le Didier. Geneviève aussi elle me l'a promis ! C'était pour les soudures, ils ont été obligés de tout raser ! Tu vas avoir des cheveux tout neufs, tu te rends compte, le bol ? C'est pour ça, l'expression avoir la coupe au bol ?
Le bol ?! Les sédatifs dont on m'avait sans doute bourrée m'ont probablement permis de ne pas hurler ou m'évanouir.
Tout s'est mis à se mélanger sous mon crâne à présent désertique. Une sacrée macédoine : Enzo et ses amis complices assistaient avec Cathy et son amoureux inconnu au concert de la chanteuse Adèle au Royal Albert Hall de Londres, des musiciens en

blouse bleue jouaient à ses côtés *Rolling in The Deep* et des infirmières ou des médecins nus sous la douche tenaient les places de choristes pendant que volaient au-dessus du public les pages de mon carnet noir déchiqueté par le passage d'un tramway flambant neuf qui tournait dans le ciel.

— Barny... appelle quelqu'un, je crois que je ne me sens pas bien... ai-je balbutié.

— C'est à cause des cheveux. Mais tu sais bien que ça repousse. Attends, j'ai encore un autre truc à te dire. Il y a eu un coup de fil...

— Une autre fois, Barny, je... je...

Pas la force de plus. J'ai basculé et vaguement entendu Barny ouvrir la porte et hurler au secours. Je pense que même dans la rue on a dû sursauter. Moi non, mais juste parce que je n'avais pas la force.

*

Le docteur Didier Cayrol était effectivement un bel homme que maman n'avait pas manqué de remarquer. Mais aurait-il été bossu, borgne, chauve et affublé d'un bec-de-lièvre purulent, maman l'aurait adoré puisqu'il soignait sa fille. Je veux dire que je ne pense vraiment pas que ce soit pour rester en contact tous les deux qu'on m'ait gardée cinq jours en observation dans cet hosto.

« En observation ! » Jamais de toute ma courte vie on ne m'avait autant observée. On a analysé mes réflexes, mon sang, mes urines. Mesuré mes pulsations cardiaques, ma température, mon pouls, le fond de mes yeux et mon larynx. Inutile de donner les noms des examens que l'on m'a fait passer, de toute façon je n'en retenais pas les termes compliqués. Aucune partie de mon corps n'a échappé au tamis de ces épreuves ordonnées par le docteur Cayrol. Et pourtant, lui aussi arborait sur sa blouse blanche, en grosses lettres tracées à l'aide d'un marqueur indélébile : EN GRÈVE. Je n'ose imaginer ce que cela aurait été si lui et ses collègues ne l'avaient pas été.

Il voulait comprendre, et passait souvent me voir. Aussi tenace qu'un commissaire de police menant une enquête difficile, il mettait sur le coup tous ses fins limiers et semblait ne pas trouver pourquoi une jeune fille en parfaite santé avait pu faire un si violent et si brusque malaise en pleine rue. Ne pas trouver une explication nette, précise et médicale l'énervait au plus haut point. Voilà que je devenais un cas, et j'avoue que, même déprimée, j'étais moins inquiète que lui au sujet de ma santé. Je savais, moi, ce qui m'était arrivé. Mais pour rien au monde je ne lui aurais avoué que le premier garçon à qui je me sentais prête à accorder beaucoup m'avait utilisée et humiliée, afin de briller devant ses copains et, par la même occasion, de se faire un peu d'argent. Une autre trahison de garçon, comme celle que maman avait subie. J'étais tombée, oui, mais pas seulement sur le trottoir, dans le même gouffre que ma mère. J'en avais si honte. Je ne valais pas plus de 40 euros !

Non, pour rien au monde je n'aurais raconté ma candeur doublée de bêtise, et certainement pas au psy, le docteur Bisciglia, que Cayrol finit par m'envoyer. Celui-là vint s'asseoir sur le bord de mon lit, style « copain qui vient juste bavarder un chouia ». Il a commencé par me brancher musique et résultats scolaires, je suppose qu'il avait été briefé par maman. Pas discret, le type. À lui moins qu'à tous les autres je n'ai rien raconté de mon après-midi au square. Pour lui donner quelque chose à grignoter, j'ai répondu à ses premières questions, puis aux suivantes à propos du départ de notre père, de la douleur qui s'en était suivie, du désert dans lequel nous avions cru nous perdre, Barnabé, maman et moi. Bisciglia creusait l'affaire avec une certaine gourmandise. Il croyait trouver là du pétrole ou de l'or, alors que je savais parfaitement qu'il n'y avait rien, strictement rien à dénicher à cet endroit.

Je crois que je m'amusais un peu à lui livrer des infos sur Barnabé et moi. Histoire de rentabiliser sa venue et de le satisfaire, je lui expliquais qu'à cinq ans mon petit frère savait non seulement situer Buenos Aires sur un globe terrestre, mais aussi à quoi ressemblaient le Rio de la Plata, le désert de Patagonie (il disait Papagonie) et les plaines herbeuses de la Pampa (qu'il nommait la Pampapa). Sans ne les avoir jamais vus ailleurs que sur Internet. À l'époque, dans les semaines qui avaient précédé notre faux départ, nous passions des soirées entières tous les deux, sur l'ordinateur, à découvrir le cadre de notre vie future et à nous préparer au grand saut. Je racontais au psy que, trois ans plus tard, mon petit frère en savait toujours beaucoup sur l'Argentine, pays qu'il détestait et où il jurait régulièrement de ne jamais poser le moindre orteil.

Le docteur Bisciglia opinait de la tête comme si j'avais livré là le nœud de mon malaise. Pour lui aussi, visiblement, je passais pour un cas. Voilà que la petite Marion semblait lui donner du fil à retordre et l'intéressait. On basculait dans une sorte de mélange de *Grey's Anatomy* et de *Private Practice*... Sauf qu'ici l'héroïne n'était pas en blouse, mais recousue, rasée et alitée. Je ne me délectais même pas de ce petit piédestal sur lequel brusquement un malaise vagal inexplicable m'avait placée aux yeux du docteur Cayrol et de son collègue Bisciglia. Mais le premier n'avait pas compris que pour que j'accepte de me confier au second, du moins un tout petit peu, il aurait plutôt fallu faire entrer et s'asseoir au bout de mon lit une femme, surtout pas un homme. D'elle, j'aurais sans doute exigé qu'elle me raconte comment s'étaient passés ses premiers baisers. Les vrais, pas les brouillons tentés avec les garçons à la maternelle ou avec quelques copines curieuses et inquiètes en primaire. À quoi elle ressemblait à 15 ans et si, par peur de n'avoir jamais d'amoureux, elle aurait pu se jeter sous les roues du premier tank venu – bien carrossé certes, mais tank quand même. D'une femme, j'aurais exigé qu'elle me dise si, elle aussi, était une fille aussi solitaire que moi, quand tous mes camarades n'existaient qu'en bande, et si l'insulte « intello » lui fusait aux oreilles à longueur de journée quand elle avait traversé ses années au collège. Avec une femme, autre que ma mère, j'aurais peut-être pu.

— À qui voulais-tu lancer ce au secours, Marion ?
— Pardon ?

Le docteur Bisciglia se tenait debout devant moi et me souriait. Je ne me souvenais même pas de ce dont il parlait avant de poser sa question.

— Ben à personne... j'allais à mon cours de guitare pour une répétition, je vous l'ai déjà expliqué. Je dois chanter *Rolling in The Deep,* mais, avec ma tête de skinhead et mes coutures de Frankenstein, je...
— Traduction ?
— Je ne comprends pas...
— La traduction du titre ?

— Euh, ça donne approximativement quelque chose comme : « un roulement dans le trou », ou « dans les profondeurs ». Ce n'est pas vraiment traduisible.
— Tu as roulé dans un trou ?
— Non !

Ne pas lui dire un mot à propos d'Enzo, de ses zonards de copains, de mon carnet noir, de mes compositions.

— Tu t'es perdue dans un désert digne de celui de la « Papagonie » ?
— Un désert ?

J'étais certaine de ne pas lui avoir parlé du vide de mes relations amoureuses.

— En tout cas, tu as choisi, enfin, inconsciemment, tu as fait ton malaise devant l'hôpital, dans une zone où toute une armée d'infirmiers et d'infirmières était réunie. C'était moins risqué qu'en pleine rue ou seule chez toi.

— Vous parlez comme si j'avais fait exprès de...
— J'ai dit « inconsciemment », Marion ! Personne ne t'accuse. On parle, c'est tout !

Ne pas lui avouer que je venais de trouver que l'anagramme d'Enzo donnait ZONE.

— Je suis tombée parce que je me sentais fatiguée, c'est tout et basta !

— Oui, Marion, et peut-être aussi parce qu'il y a une blessure béante qui ne se referme pas. Dis-moi, « basta », c'est bien de l'espagnol, ça ?

— Et les vôtres de blessures, elles vont comment ?!

Je ne voulais pas, ça ne me ressemblait pas, mais j'ai crié beaucoup plus fort que je ne m'en imaginais capable et que je ne le désirais. À force d'insister lourdement, c'est lui qui prenait. Pour Enzo, pour ses sales potes, pour mon père et pour tous les hommes de la terre.

— Elles sont fermées, Marion ! Mais je suis méfiant, alors je reste attentif aux points de suture, on ne sait jamais... a-t-il répondu sans se départir de son sourire.

— Eh bien moi, je n'attends qu'une chose, c'est de me tirer d'ici et que mes cheveux repoussent pour ne plus jamais les voir, ces points à la noix et cette balafre de malade.

Je pense qu'il a parlé après, du moins répondu quelque chose, mais je n'en ai aucun souvenir. J'ai dû finir par m'assoupir et le docteur Bisciglia a eu la délicatesse de prendre congé sans me tirer de cette torpeur.

Par contre, Barnabé a été beaucoup moins discret. Il m'a réveillée en sursaut en bondissant sur mon lit pour m'embrasser et « pour lui faire une surprise », a-t-il expliqué à maman après qu'elle lui eut passé un super savon. « Et aussi parce que je savais pas si tu dormais ou si t'étais morte. C'était pour savoir, tu comprends ? Je voulais te réveiller bien fort ! » a-t-il ajouté à mon oreille en pleurnichant.

— Tu sors demain, Marion ! a annoncé maman après m'avoir embrassée. Tu devras revenir dans une dizaine de jours pour une consultation et faire retirer les points. Quelques jours à la maison et tu pourras retourner en cours. Le docteur Cayrol a...

— Jamais !

— Pardon ?

— Tu imagines que je vais retourner au bahut, devant les autres, pour me faire traiter de Quasimodo, pas seulement par toute la classe, mais par tout le bahut ?

— C'est qui Quasimodo ? a tenté de s'immiscer Barny.

— Marion, je pensais qu'avec un foulard...

— Une burka aussi, ce serait bien...

— C'est quoi une burka ?

— Barnabé, ce n'est pas le moment ! Ma chérie, ne t'inquiète pas, tes cheveux ont déjà commencé à repousser.

— C'est vrai, on dirait que t'as une barbe de trois jours. Ça gratte. C'est pour ça l'expression se faire des cheveux ?

— Barnabé, j'ai dit tais-toi ! Laisse-moi discuter avec ta sœur.

— Il n'y a pas à discuter. Je ne sortirai pas de la maison tant qu'ils n'auront pas retrouvé leur longueur.

Maman a parfaitement senti que je ne céderais pas. Son regard passait, las, si las, de Barnabé, assis sur le lit en train d'ausculter les douze centimètres de rail de cette maudite balafre, à moi, légèrement redressée sur mes oreillers et décidée à ne rien céder. Je voyais bien que maman évitait de fixer mon crâne dont on avait retiré le bandage depuis deux jours.

— Marion, qu'est-ce que tu en as à fiche des autres ?

— J'en ai à faire que ça ne m'intéresse plus de vivre sans les autres. Tous les autres ! Même ceux qui raconteront des conneries sur ma dégaine de zombie. Toi, tu te prépares, tu te maquilles, tu fais attention à toi quand tu vas à tes rendez-vous, aussi bien pour le boulot que pour tes autres rencards... Et tu te permets de me demander pourquoi j'ose avoir peur ou me préoccuper du regard des autres. Mais tu ne sais pas dans quel monde on vit au bahut ! Je ne connais aucun endroit où l'on soit moins ausculté, évalué, classé. Tu es catalogué comme « chalouf », « destroy », « gothic », « has been », « pouffe », « geek », « bolos », « bouffon », « cassos »... Je ne vais pas te faire toute la liste, elle est sans fin et elle change tout le temps. « Intello », c'est déjà pas simple à trimballer, mais « zombie intello » ou « intello à la tronche de Frankenstein » ou un truc du même topo, non, je ne peux pas !

En criant, je n'arrivais pas à détacher mon attention de la mèche blanche et morte qui émergeait de sa chevelure ébène.

— Je... Je...

— C'est pas négociable, maman ! j'ai soufflé sur un ton un peu plus bas.

— Bien, elle a fait après un profond soupir. Barnabé, tu restes avec ta sœur et tu m'attends. Je reviens dans un moment. Tu essaies de ne pas faire de catastrophes, si c'est possible.

— Tu vas demander une potion miracle au docteur Cayrol pour que les cheveux de Marion repoussent en une nuit ? Je suis sûr que ça existe. Tu lui donnes combien comme note, au docteur Cayrol ? 8 ou 9 ?

— Sans faire de catastrophes, ni dire douze bêtises à la minute, a-t-elle ajouté en quittant la chambre.

— À mon avis... 9 ! a commenté Barny qui n'a jamais besoin de reprendre sa respiration pour en placer une.

Il a fallu aussi que je lui explique ce qu'était une burka, et la différence entre un « bolos » et un « chalouf », et ensuite, parce que je l'avais éclairé au sujet de Quasimodo le bossu, que je lui raconte *Notre-Dame de Paris*.

À chaque passage d'infirmières ou d'aides-soignantes, mon petit frère interrompait mon récit pour prendre ces visiteuses à témoin. Sa logorrhée partait aussi bien sur mes cheveux, sur la bohémienne Esméralda, ou encore Claude Frollo l'archidiacre de la cathédrale qui allait la kidnapper par amour. Barny confondant « archidiacre » avec « architecte », son récit prenait des allures vraiment pas prévues par Victor Hugo.

Nous en étions à l'assaut de la cathédrale après ma description de la cour des Miracles quand maman est revenue. Cela faisait presque une heure qu'elle était sortie, Barnabé pesait des tonnes sur mon épaule, mais je n'avais pas osé le pousser de mon lit.

— Tu veux rester brune ou tu veux devenir blonde ? a-t-elle demandé très sérieusement.

Au bout de sa main pendait un grand sac en toile beige.

— Pourquoi tu me demandes ça ?

Sans me répondre, elle a sorti précautionneusement deux perruques de son sac. Une brune aux cheveux mi-long et raides, une blonde, plus volumineuse, aux mèches un peu plus longues.

— Je peux en louer une pour un mois ou deux maximum. À l'achat, c'est une ruine, mais un mois ou deux devraient suffire pour être présentable. Ils me les ont prêtées pour que je puisse te les faire essayer, et je dois y retourner avant 19 heures pour rendre celle que tu ne prends pas. Je ne peux pas faire mieux que ça, Marion. Mais tu retournes au collège la semaine prochaine. Avec ou sans. Ce n'est pas négociable, ma fille !

— Marion, c'est Esméralda, et moi, je suis Quasimodette, la bossue de Notre-Dame !

— Barnabé, redresse-toi et retire ça immédiatement de ta tête, ce n'est pas drôle du tout.

J'ai décidé de rester brune.

Chapitre 7

Malgré mon appréhension, je peux dire que le retour au collège s'est assez bien passé. Du moins, au début... Marion, celle qui ne fait jamais de vagues, celle qui savait si bien se faire oublier, revenait. Ah bon, elle était absente ? J'avais pas remarqué... avaient sans doute murmuré quelques-uns des élèves de ma classe. Les autres lorgnaient avec amusement ma nouvelle fausse chevelure comme si j'avais porté sur la tête le cadavre d'un animal exotique.

J'ai fait avec. Je m'attendais à pire.

Le collège me semblait étonnamment vide. Pas seulement parce que deux autres classes de troisième s'étaient absentées pour un voyage d'une semaine en Andalousie, mais aussi parce qu'Enzo avait été exclu pour trois jours. Voilà qui rendait mon retour plus facile, ai-je pensé.

Évidemment, ma première initiative a été de harceler le bureau des surveillants pour qu'on vérifie si personne n'avait rapporté mon précieux carnet noir aux objets trouvés. J'y suis retournée deux fois. Rien, bien entendu, strictement rien. Cela ne m'étonnait pas vraiment. Dans la jungle de notre établissement, quand se volent les cartables, se piquent les portables, se rackettent les desserts de la cantine aussi facilement que l'argent de poche au garage à vélo ou à l'arrêt de bus, qui aurait rapporté aux pions ce vulgaire carnet noir ramassé sur le trottoir ?

J'ai traversé ma première journée comme une figurante, en décalage horaire avec mes camarades. J'ai commencé au bout d'un petit moment à trouver que leurs regards sur moi pesaient lourd. Plus lourds, plus appuyés que d'habitude. J'ai mis cela sur le compte de ma nouvelle coiffure, c'était à mon avis la seule explication à cet intérêt qui faisait tourner pas mal de têtes dans ma direction.

Leïla et Stella ont été les plus prévenantes. S'inquiétant un peu de ma santé, évaluant la qualité de ma perruque qui me donnait une allure plus sombre et me vieillissait – d'après Leïla –, allait me permettre de faire des ravages – selon Stella.

Toutes les deux se voulaient proches. C'était assez nouveau et plutôt agréable, mais je sentais malgré moi que quelque chose clochait dans ces démonstrations attentionnées. Ces deux-là avaient toujours formé un duo qui, d'habitude, n'avait pas besoin des autres pour supporter les journées de cours. Une association qu'elles savaient parfaitement rendre hermétique à tout le reste de la classe. Qu'elles me collent ainsi n'était pas pour me déplaire, mais paraissait juste un peu suspect. Je m'en suis voulu d'avoir de telles pensées et je me suis moquée de cette petite parano déplacée sans doute liée à mon absence de plus d'une semaine.

Avec une morne assassine, j'ai évité les membres esseulés de la bande d'Enzo. Du mieux que j'ai pu, j'ai ignoré la façon ridicule de pouffer de Bastien et Mounir chaque fois qu'ils me croisaient de trop près, la superbe narquoise que Valentin arborait en me toisant avec ses sourires entendus. Ces trois imbéciles s'imaginaient dépositaires de l'incroyable secret de m'avoir surprise, acquise, si bêtement acquise, l'autre mercredi dans les bras de leur mentor. Je les méprisais autant que je m'étais méprisée de m'être si facilement fait avoir. Oui, je m'en étais voulu ! J'avais eu des jours entiers pour y réfléchir à l'hosto. Je m'étais jetée dans les bras de n'importe qui pour m'inventer une histoire d'amour. Sauf que le n'importe qui en question était la pire des crapules sur laquelle je pouvais tomber, et pour moi, *tomber* avait été le mot approprié. Il avait suffi à Enzo de changer de ton, de me faire croire qu'il appréciait mes textes, mes chansons, mes secrets, qu'il pouvait faire de moi une fille moins banale, moins transparente, pour que je lui ouvre mes bras et mes lèvres. Est-ce qu'on tombe amoureuse par faim d'amour, par peur de la solitude ou du grand vide, pour se prouver qu'on peut plaire, enfin tout cela avant de se demander si c'est bien cet autre-là qui nous plaît vraiment ? Je ne sais pas. À l'hôpital, maman m'avait questionnée à deux ou trois reprises afin de comprendre pourquoi j'étais ainsi habillée et maquillée pour me rendre à mon cours au conservatoire. Elle avait eu la délicatesse de faire semblant de se contenter de mes réponses très vagues au sujet des répétitions en tenue de concert, et Barnabé de ne pas en remettre une couche quand j'avais déclaré que la discussion était close.

Alors, mépriser ces trois nases !

Le mépris est une arme plus puissante que la violence, ai-je essayé de me persuader durant toute cette journée. Pourtant chacun de leurs regards me mettait mal à l'aise. Ceux des autres aussi.

Le coup est arrivé de Leïla, sans que je m'y attende.

— T'as des nouvelles d'Enzo ?

Elle m'a posé la question, comme ça, l'air de rien, pendant la récré de l'après-midi, avant notre dernière heure de maths. J'ai parfaitement vu Stella étouffer un sourire à côté de sa copine.

— Pourquoi j'aurais des nouvelles de cet idiot ? ai-je répondu aussi surprise que cassante.

— Cet idiot ? Marion, arrête ton cinéma, tout le monde est au courant, pour vous deux !

Le regard de Leïla avait brusquement basculé. Aussi noir que ma réponse avait été brusque.

— Au courant ? Au courant de quoi ? Je ne sais même pas pourquoi il a été viré pour trois jours ! Qu'est-ce qu'il a raconté ? Lui, ou ses potes ? Vas-y, crache !

— Du calme ! Enzo n'a rien raconté, mais comme vous êtes ensemble, on se disait que tu devais avoir des nouvelles, c'est tout !

— Ensemble ? Personne ne peut croire une pareille...

— Suffit de regarder, Marion ! Tu vires mytho ou t'as trop honte ? Ou les deux...

Stella avait pris le relais de son amie. Voilà que brusquement se dressaient deux murs en face de moi. Deux murs qui grimaçaient, fières comme si elles m'avaient fait une bonne farce, mais si sûres d'elles.

— De regarder ? De regarder quoi ? On ne s'est pas vus depuis plus d'une semaine ! Je ne comprends pas !

— Laisse tomber ! T'assumes même pas ! C'est vrai qu'on a été surprises, et les autres aussi... tout le monde. Tu peux toujours nous la jouer petite colombe effarouchée, mais ça ne marche pas. Tu pourrais au moins assumer, même si on imagine qu'il a fini par te jeter au bout d'un jour ou deux, comme il le fait avec toutes ses autres conquêtes. C'est un collectionneur, ce mec, je ne sais pas si tu sais, mais il tient une liste des filles qu'il a fait tomber, et je peux te dire qu'il en a emballé bien d'autres avant toi, qu'est-ce que tu crois ? Faut pas être une intello pour comprendre ça !

— Stella, Leïla, je vous en prie, regarder quoi ? Je ne comprends rien à ce que vous racontez !

— Si c'est vrai que t'es pas au courant... T'es bien la seule, Marion ! La moitié du bahut t'a vue, si c'est pas plus ! Tu fais le buzz ici ! m'a asséné Stella.

Le coup de grâce.

Elles se sont éloignées en haussant les épaules, comme si brusquement le cours qui allait commencer avait été leur grande passion et surtout comme si nous n'avions plus parlé la même langue.

Jamais un cours de maths ne m'a semblé aussi long et aussi rude. M. Conan essayait de nous passionner avec ses histoires d'équations à deux ou trois inconnues... J'en avais bien plus que ça, moi, des inconnues... Ma petite parano s'était transformée en une douleur insurmontable. J'y allais de toutes mes suppositions, tournant dans ma tête le peu ou le beaucoup que m'avaient lâché Leïla et Stella. Je ne comprenais pas. Jusqu'au moment où, un peu avant la fin de ce tunnel, a atterri une boulette de papier

sur ma table. Impossible de savoir qui l'avait jetée, et si même elle m'était destinée.
J'ai défroissé la feuille. Dessus, une bonne âme charitable avait écrit en noir :
Marion Est Une Fille Super... Facile.
Oui, pas de doute, cela m'était bien destiné...

*

Je suis sur le banc du square Beker, ma guitare posée à côté de moi. La fontaine Wallace est un peu floue au premier plan.
Je scrute les allées, impatiente.
Il arrive avec son sac de sport et dit quelques mots inaudibles en désignant l'étui de ma guitare.
Je pouffe comme une imbécile.
Il est assis et pose sa main sur mon épaule. Je me love contre son thorax comme une idiote, il en profite pour lancer discrètement un sourire en direction de la fontaine et du caméraman.
Il descend chercher mes lèvres, je l'aide à les dénicher.
Il attrape mon sein, je le lui abandonne volontiers en l'embrassant de plus belle. Il déboutonne le haut de mon chemisier ivoire. On distingue parfaitement mes seins dans mon soutien-gorge. Zoom de celui qui filme.

Sa main est sur mon genou. Relève un peu ma jupe pour grimper sur ma cuisse. Le caméraman ne perd pas l'aubaine de zoomer encore. Sur le galbe de mes cuisses, et plus haut. Une fraction de seconde, on distingue ma culotte. Non, pas une fraction de seconde, une éternité qui permet d'en distinguer la couleur claire, et plus encore.

Cette vidéo dure.

Ça semble si doux, si tendre. Si ce n'étaient les clins d'œil sournois qu'il balance de temps en temps en direction de la fontaine et que, pauvre cruche, les yeux fermés, je ne vois pas.

Ça fait mal.

Le film s'arrête au moment précis où Enzo sort son portable de sa poche pour consulter le temps qu'il a mis pour gagner son pari.

Je n'ai regardé le film qu'une seule fois. Davantage m'aurait tuée, sans doute. Peut-être aurait-il mieux valu.

Rien, jamais, ne m'avait semblé plus insupportable et humiliant. À présent, les images de ce moment passé me semblaient pires, plus douloureuses et violentes que le moment lui-même. À cela s'ajoutait un horrible détail : ce nombre, inscrit en bas à droite de la fenêtre de diffusion. 1 257 !

Ce film de quelques minutes, Valentin et ses copains l'avaient balancé sur YouTube, sous le pseudo *jemballabecker@*, quelle classe ! Il avait été visionné 1 257 fois. En une semaine !

Toute la classe.

Tout le collège !

Et dans cette armée de voyeurs, 225 avaient cru bon de préciser à toute la Toile « j'aime » dans la partie inférieure de l'écran.

1 257 fois, j'avais l'impression qu'il s'agissait du monde entier ! Je n'ai pas eu le courage d'aller vérifier sur Facebook combien l'avaient partagé. Le monde entier...

Là, à cet instant précis, si j'avais été capable de me lever et de sortir de ma chambre, si j'avais disposé d'une arme, sans la moindre hésitation, en commençant par Valentin et en terminant par Enzo, je serais allée les tuer, tous les quatre.

Mais je suis restée prostrée, incapable et pauvre cloche que j'étais, devant cet ordinateur de malheur qui s'était mis en veille. Le reflet dans l'écran noir renvoyait l'image d'une fille sans larmes, perdue et éperdue. Le mépris est plus puissant que la haine ! Tu parles, des mots tout ça, juste des phrases, des chansons, comme celles que j'avais perdues !

Je ne sais pas au bout de combien de temps j'ai retiré ma perruque, le filet et les élastiques qui la maintenaient. Elle n'aurait pas servi longtemps, désolée, maman.

Je ne voulais pas la guerre, j'étais sûre de la perdre, même si j'avais déjà la coupe militaire.

J'ai attrapé la seule arme à ma disposition, une mitraillette à six coups, et j'en ai joué ainsi sans m'arrêter jusqu'à ce que je découvre Barnabé planté devant moi. Je ne sais pas depuis combien de temps il était là à jouer les fans. Je m'en fichais.

— À table, Marion, ça fait cent cinquante fois qu'on t'appelle !

Il a jeté un œil sceptique à la boule de poils sombre au pied de mon bureau. Elle ressemblait à un gros chat mort pelotonné en boule.

— Ça décoiffe drôlement, tes morceaux ! il a ajouté.

Toujours le mot juste, celui-là.

*

Très mauvaise nuit. Sans rêves parce que presque sans sommeil.

Encore plus mauvaise nuit pour maman.

Depuis que notre père s'est tiré comme un voleur à l'étalage, Barnabé déteste l'Argentine. Bon, ce n'est pas le plus grave. On peut parfaitement vivre en zappant un pays ou un continent. Non, le plus dur, c'était que mon frère s'était remis à faire pipi au lit assez régulièrement. C'était beaucoup plus ennuyeux, pour lui et pour celles qui cohabitaient avec lui dans cette baraque. Et là, depuis une dizaine de jours, nous étions entrés dans une période de grandes eaux.

Barnabé, qu'aucune explication ne déstabilisait, jurait avec un aplomb féroce qu'il n'y était pour rien, et que c'était son lit qui lui pissait dessus pendant son sommeil. Interprétation qui énervait particulièrement ma mère quand elle devait se lever, somnolente et fatiguée. Mais Barny pleurnichait en persévérant dans sa théorie du complot nocturne et urinaire, ce qui mettait maman, réveillée à présent, de plus en plus hors d'elle. Mais Barnabé ne s'arrêtait pas là. Il trouvait dans cette situation un excellent prétexte pour tenter d'aller finir sa nuit dans le lit de maman, argumentant que le sien était impraticable et que celui-là était bien trop grand pour une seule personne. Dispute interminable entre la mère et le fils, impossible de se rendormir. Une vraie java à chaque fois, lorsqu'en pleine nuit maman l'obligeait à défaire ses draps, à les porter lui-même à la buanderie, à mettre en marche sa lessive et à se préparer un autre lit !

Des nuits bien fichues pour nous trois. Merci Barnabé !

De toute façon, je n'arrivais pas à dormir. Cette vidéo humiliante de quelques minutes ne quittait pas mon esprit. Malgré moi, je me la repassais en boucle avec autant d'effroi que de haine.

Pendant que Barnabé révisait avec maman les divers programmes de la machine, je me suis levée pour aller visiter sa chambre. Je n'ai eu aucun mal à trouver tout ce que je cherchais dans la pénombre, avant de retourner dans mon lit. Merci Barnabé !

Je les ai entendus remonter. Maman a insisté pour que Barny fasse une ultime vidange aux toilettes. Encore de longues minutes de négociations et de palabres, tout comme au moment de refaire le lit de Barny. Je ne dormais toujours pas quand il m'a semblé qu'ils dormaient enfin, chacun dans sa chambre. J'ai gambergé à mort, fomenté mon plan, tenté d'en évaluer les stratégies, les risques. À mort ! Je n'étais peut-être pas vraiment une guerrière, mais au moins une kamikaze prête à tout faire exploser.

Cette nuit-là m'a semblé atteindre des sommets.

L'idée de revenir au collège au matin, sans ma perruque, c'était décidé, avait un goût de pourriture. Les tartines et les corn flakes aussi.

— J'ai encore sommeil ! a geint Barny, poussé de force par maman de son lit à la cuisine.

— Dépêche-toi d'avaler tes céréales ! Pas question d'être en retard ! J'ai des clients allemands qui débarquent de Munich pour visiter un entrepôt !

— Oui, mais moi, c'est vrai que j'ai encore sommeil !

— On te croit ! Parce que nous aussi ! avons-nous protesté, maman et moi, parfaitement en même temps.

Cet accord parfait ne nous a même pas fait sourire. Rien ne pouvait nous amuser aujourd'hui.

— C'est pas ma faute, c'est mon lit, il m'a encore...
— La ferme, Barny ! Tu manges, et tu la fermes !

Chapitre 8

Si j'avais eu un père, il serait venu rectifier la tronche de ces quatre salopards. Il les aurait chopés un par un ou ensemble pour leur faire payer l'affront fait à sa fille. Ensuite, en quelques mots justes, pour me rassurer, il aurait aussi su me faire croire que je valais mille fois mieux qu'eux et que je restais la plus exceptionnelle du monde. Et j'aurais tout gobé, de la première à la dernière syllabe.

Si j'avais eu un père, je n'aurais pas fait cela. Ou pas ainsi. Seule, je devais me débrouiller seule.

Mais celui qui m'avait servi de père trop peu de temps ne valait pas mieux qu'Enzo et ses trois imbéciles de copains. Mon père était à présent, sans aucun doute, obligé de faire des efforts pour se rappeler les prénoms de ses deux enfants. Il en avait peut-être même d'autres, tout neufs, et qu'il chérissait comme il fallait, en leur racontant des histoires pour les endormir le soir, en prenant bien garde à ne pas leur parler des deux mômes qu'il avait égarés de l'autre côté de l'Atlantique, et dont il avait de plus en plus de mal à se souvenir, quand il y pensait – s'il y pensait.

Ne rien dire, ne pas répondre, être lisse, sans aspérité, incolore, inodore toute la journée pour laisser glisser les réflexions des autres au sujet de mon allure, de mes cheveux de quelques millimètres, de la cicatrice. Être aussi lisse que mon crâne. Je savais faire ça. Ce n'était même pas un rôle de composition pour moi.

Valentin, Mounir et Bastien se sont lassés de me vanner au bout de la première heure de français. Mon affaire était réglée, ils pouvaient désormais s'attaquer à d'autres proies plus drôles et plus coriaces. Sans Enzo, pas question de prendre de véritables initiatives, mais autant préparer quelques pistes et maintenir la pression sur la classe. Leïla et Stella avaient retrouvé leurs postures de couple imperméable aux autres, elles aussi m'ont fiché une paix royale. Rien d'autre.

Français, anglais, musique...

Je détestais les concerts de flûte à bec ou les arrangements improbables à l'orgue électrique qui donnaient l'illusion à notre prof d'être un grand compositeur. Fischer n'était pas un mauvais prof, mais la classe, entre ses mains, devenait vite une armée en déroute. Ses projets de chant choral à trois voix se soldaient souvent par de vraies catastrophes. Pas seulement à cause des fausses notes aussi nombreuses que les justes, pas seulement à cause de quelques garçons en pleine mue qui passaient allègrement des aigus les plus stridents aux graves les plus ridicules, mais à cause du répertoire. Il n'était pas toujours le plus approprié. *Imagine* de John Lennon, ou *Hotel California* des Eagles, étaient vraiment de très beaux morceaux, je suppose que Fischer avait emballé à fond, à notre âge, sur ces musiques. Hélas, ainsi dégradées et ânonnées par la moitié de la classe, ces chansons tournaient vite au requiem.

Un vendredi matin qui aurait ressemblé à tous les autres, à ce petit détail près, j'ai passé mon temps à vérifier la présence dans mon sac de ce que j'avais piqué à Barny cette nuit. Pas seulement par crainte de l'avoir perdu, juste pour me donner du courage. J'ai aussi passé du temps à mémoriser à quoi ressemblaient les sacs de sport des trois nazes et discrètement préparé, sur une feuille A4, la petite affichette dont j'allais avoir besoin.

Je laissais ma rage monter. D'elle plus que tout j'allais avoir besoin. Pour l'instant, telle de la lave, elle couvait sous la croûte et j'avais programmé l'explosion pour plus tard.

Le repas au self a été vite avalé, et seule.

Seule, jusqu'à ce que trois filles de quatrième viennent s'asseoir à ma table, pas pour me tenir compagnie, plutôt parce qu'il ne restait aucune place ailleurs et qu'elles voulaient manger ensemble. J'ai craint un instant que ces trois filles aux allures gothiques – ou veuves corses (je n'ai jamais fait la différence) – se posent là pour se moquer de « la ridicule du film sur YouTube », mais elles n'étaient visiblement pas dans le secret. Elles aussi, malgré leurs looks, n'étaient que trois figurantes du collège, pas des vedettes. Même pas l'air de trouver le moindre intérêt à ma coupe de tondue sortie du bagne de Cayenne. Rien n'existait qu'elles-mêmes. J'ai lambiné pour finir ma salade de fruits, histoire de les entendre aborder la toute nouvelle prophétie sur la fin du monde qui venait de sortir, leur future rave party dans un cimetière, le dernier texto que le diable avait posté sur *666.com*. Rien de tout cela, elles se sont contentées de s'inquiéter du contrôle de SVT qui les attendait en début d'après-midi et de l'abomination de poisson qui agonisait dans une sauce – prétendument armoricaine – au milieu des récifs d'un riz trop cuit au fond de leurs assiettes. Rien sur un film vu, un livre lu, un nouveau groupe de métal découvert, encore moins sur un garçon de leur connaissance. Elles semblaient aussi tristes et aussi seules que moi, sauf qu'elles vivaient cela en trio, peut-être étaient-elles amies depuis des années et le seraient-elles encore dans dix ans. Complices et inséparables. Je les enviais. En trio. Comme Stella et Leïla l'étaient dans leur duo. Il tenait depuis la première année de primaire. Moi, je n'avais jamais fait partie d'une bande, d'un groupe, j'étais tout simplement seule.

J'ai quitté la table avec mon plateau terminé.

— D'enfer, ta coupe de cheveux ! m'a lancé l'une des trois, aussitôt approuvée par les deux autres.

Je n'ai pas répondu. Seule et déterminée.

*

Avant que ne commence le cours, j'ai présenté mon certificat médical à la prof. Mme Devaufleury a jeté un coup d'œil rapide sur le papier que je lui tendais. Je sentais bien qu'à ses yeux mon crâne rasé suffisait largement à me faire dispenser de cette heure de gym qui terminait notre semaine.

— Bien, Marion, a-t-elle dit en griffonnant une signature sur mon carnet de liaison. Tu comptes aller en permanence ou tu as une autorisation de sortie pour rentrer chez toi ?

— Je vais travailler au CDI avant de rentrer, madame, ai-je menti.

La bonne élève, toujours parfaitement dans les clous, posait moins de problème que les garçons dont perçaient les hurlements depuis le vestiaire.

— Qu'est-ce qu'ils me font encore, ceux-là !? Entendu, Marion, bon week-end, a-t-elle lancé d'un ton déjà fatigué avant de m'abandonner pour filer calmer sa ménagerie qui chahutait allègrement en se changeant.

Je ne suis pas sortie du gymnase. J'ai filé par un couloir pour aller me planquer dans un vestiaire vide à côté de la sortie de secours, et j'ai attendu là, après avoir déverrouillé sans trop de difficulté le placard des compteurs et des fusibles électriques à l'aide de l'extrémité d'une règle plate. Ce genre de manœuvre, j'avais vu papa la faire plusieurs fois – quand il était encore dans notre vie – dans l'immeuble de Mamie – quand elle était encore de ce monde –, sur son palier, chaque fois qu'un orage faisait disjoncter les compteurs. Sauf que chez elle il utilisait un tournevis ou, à défaut, un couteau de cuisine.

La prof a commencé son cours en retard, comme souvent, par une séance de jogging autour de la grande salle, comme toujours.

J'ai attendu encore un peu avant de sortir de ma cachette pour filer dans le vestiaire des garçons. J'entendais mes camarades, là-bas, en train de commencer à souffler en galopant au rythme des coups de sifflet et des consignes de la prof. Ensuite, ils installeraient les tapis pour une série de sauts ou de grimpers de corde, et négocieraient pour répartir leurs équipes. C'était ainsi depuis plusieurs semaines, pour ne pas dire depuis toujours. Devaufleury n'était pas réputée pour son originalité.

Suffocante, l'odeur du vestiaire prenait à la gorge. À côté de cela, les draps de Barnabé *après que son lit s'est oublié sur lui*, c'était un champ de lavande en juillet ou un sous-bois en septembre. Bon sang, ça changeait de chaussettes et de caleçons tous les combien, un garçon ?

Pas le temps de se pâmer. Devaufleury n'était pas du style à faire du rab, tout particulièrement un vendredi après-midi, elle ne libérerait pas ses élèves en retard, bien au contraire.

Les sacs de Valentin, Bastien et Mounir étaient jetés sur un banc dans un coin du vestiaire. Leurs vêtements de ville, entassés n'importe comment dans les parages. J'avais eu toute la matinée pour bien les mémoriser. Aussi vite que possible, j'ai tout rassemblé dans ces trois sacs de sport, y compris leurs sacs à dos de cours. Ensuite, il m'a fallu me presser pour embarquer tout ce lourd fardeau vers l'autre vestiaire. Cette nuit, j'avais imaginé tout découper au cutter, pantalons, sweat, tee-shirts, mais, après réflexion, j'avais modifié mon plan. Ma vengeance devait être à la mesure de l'affront, et je n'étais ni une vandale ni un animal.

Planquer tout le barda dans le placard électrique du premier vestiaire où je suis retournée chargée comme une mule a été beaucoup moins simple que prévu. Les sacs prenaient beaucoup de place, il fallait les vider, répartir les vêtements, les cahiers, tout leur bazar entre les compteurs et les câbles dans un espace si peu profond. Je perdais du temps et j'avais peur de n'en plus disposer pour revenir vers le vestiaire des garçons. J'ai enfin réussi à refermer la porte du placard en tassant et en poussant de toutes mes forces, j'ai plaqué un banc devant la porte pour la bloquer.

J'étais trempée de sueur lorsque je suis retournée dans leur vestiaire.

Du couloir, j'entendais le cours se poursuivre dans la grande salle. Il aurait suffi qu'un garçon s'absente quelques instants pour qu'on me découvre. Tout aurait été perdu. Mais leurs cris, leurs encouragements, leurs désapprobations et les rebonds incessants de plusieurs ballons ont continué à résonner jusqu'à ce que je m'enferme dans une des douches attenantes au vestiaire. Visiblement, Devaufleury avait décidé de terminer l'heure de cours par un tournoi de basket.

J'ai choisi la douche la plus proche du banc où les trois crapules allaient chercher leurs sacs. Avant de verrouiller la porte pour m'y enfermer, j'ai pris soin de scotcher dessus la feuille que j'avais préparée ce matin.

HORS-SERVICE
DOUCHE CONDAMNÉE

C'était tout ce que j'avais trouvé pour les décourager d'essayer de l'ouvrir quand ils viendraient se laver ou chercher leurs affaires.

Pourvu que ce soit bien la douche qui soit condamnée, et pas celle qui s'y planquait...

Assise sur le petit banc de la douche, j'ai sorti l'arme de Barnabé et j'ai attendu. Dans toute sa panoplie, j'avais choisi le modèle qui pouvait passer pour le plus crédible. Une petite arme noire en plastique imitant assez bien un pistolet d'alarme. Une arme qui claquait fort – ce qui avait plu à Barnabé, je crois –, mais qui ne claquait qu'une ou deux fois seulement, après il fallait la recharger une bonne heure sur une prise électrique.

J'ai repensé à la vidéo sur Internet. Combien étaient-ils à l'avoir vue ce matin ? Combien seraient-ils à la fin du week-end ? Cette seule pensée me donnait le vertige et du dégoût. J'avais été la plus nulle du monde en me précipitant dans les bras d'Enzo, mais rien ne justifiait qu'on m'humilie de la sorte. Rien !

Fin du cours.

Cavalcade dans les couloirs puis dans le vestiaire.

Ne plus respirer, ne pas bouger, être morte et pas seulement de peur, écouter et choisir le moment.

Et pour entendre... Quand je pense que j'avais entendu plusieurs fois mes camarades de troisième éclater de rire en s'avouant, malicieuses, qu'elles adoreraient se transformer en petite souris pour épier un vestiaire de garçons. Pour voir, et pour savoir.

Pour savoir quoi, les filles ?

Ici fusaient des kyrielles d'insultes et, au milieu de ce brouhaha, j'ai appris que Tristan en pinçait pour les seins de Lauren, qu'il les trouvait énormes – ça tout le monde le savait – et qu'il adorait les voir rebondir « mieux que les ballons » à chaque enjambée quand elle courait. Les « lolos de Laulau » ne laissaient visiblement personne indifférent, mais j'ai appris en rab que Romain était bien davantage subjugué par le cul de Marina – « Quand elle monte à la corde, elle fait immédiatement monter la mienne ! ». Et que Solal trouvait « super mignon » le piercing que Devaufleury portait au nombril. Les garçons parlaient des filles. Les filles, qui ne faisaient pas moins de bruit dans l'autre vestiaire, parlaient bien des garçons. Mais là, rien, strictement rien sur un trait de caractère, un comportement. Rien sur la profondeur ou la grâce d'un regard, et rien non plus sur moi. Je ne savais même pas si j'en étais soulagée. J'ai appris aussi qu'aucun garçon ne trouvait utile de prendre une douche après une heure à transpirer.

Et au cœur de toutes ces informations de la plus haute importance ont brusquement résonné les vociférations de Mounir :

— Putain, mon sac ! Il est où, mon sac ?
De Bastien :
— Merde, le mien aussi ! Et mes fringues ? C'est pas vrai, c'est une blague ?
Et de Valentin :
— Qui a fait ça ? Bordel, les mecs, vous avez intérêt à nous rendre nos affaires. Je défonce sa race à celui qui s'est amusé à planquer nos sacs ! Les blagues, ici, c'est nous qu'on les fait !

À partir de là, ça n'a plus arrêté pendant dix bonnes minutes. Qui se défendant de n'y être pour rien, de n'avoir rien vu, en jurant sur Dieu ou la vie de sa mère – jamais son père, jamais – et surtout en se dépêchant de se rhabiller pour sortir et s'éloigner de la colère du trio qui n'allait que croissante.

J'ignore lequel des trois a commencé à chercher partout en ouvrant, une à une, chaque porte des toilettes et des douches. Rageur, il a insisté sur la mienne, deux ou trois fois, j'ai regardé avec effroi la targette trembler de l'intérieur, brandi lamentablement mon arme inutile, et puis il a renoncé en insultant la terre entière.

— Punaise, la prof s'est déjà barrée ! s'est lamenté Mounir, m'a-t-il semblé. C'est pas possible, y'avait mon portable, tout !

Il allait falloir que je me décide. Je n'étais pas encore sûre qu'ils soient seuls.

— On est tous les trois dans la même bouse, Mounir !

— Non, c'est pas possible, je suis sûr que c'est une blague !

J'ai serré l'arme très fort, avec l'autre main j'ai fait pivoter le verrou et je suis sortie.

C'était parti !

Ils étaient là, tous les trois. Ils se sont retournés en même temps. Après ce court instant de surprise, je suis sûre qu'ils se seraient précipités sur moi si le canon de mon pistolet ne les avait ainsi tenus en respect. Machinalement, ils ont reculé tous les trois au fond du vestiaire.

— Une blague ? Ce n'est pas une blague, Valentin. Il paraît que tu te lances dans le cinéma... C'est plutôt chouette comme débouché.

— C'est quoi ça ? Qu'est-ce que tu fiches ici, la tondue ?

— Mais t'es sûr d'avoir l'accord de tes comédiennes pour ton casting ?

— Je vais me la défoncer ! a fait Mounir en avançant d'un pas.

J'ai aussitôt déverrouillé le cran de sécurité de l'arme. Un truc en plastique placé là pour faire illusion avec un clac sonore. Il s'est arrêté net. L'illusion marchait.

— Je n'hésiterai pas à tirer, Mounir ! ai-je lancé sans trembler.

— Je parie qu'elle bluffe ! a cru bon de dire Bastien, toujours au fond.

— C'est dingue ce que vous aimez parier, les garçons ? C'est maladif, non ?

— C'est peut-être un faux, le flingue ?

— Tu veux vérifier, Bastien ? ai-je répondu avec un sourire crispé et déterminé. Je ne vous tuerai sans doute pas tous les trois, mais au moins un, ou peut-être deux. Tu veux ouvrir le bal, Bastien ? À cette distance, je suis certaine de ne pas rater ta sale tronche, ou ton gros bide. Tu veux voir ?

— Elle bluffe pas, Bast ! C'est une folle, cette nana !

— Déconne pas, Marion ! Surtout, déconne pas ! Ça peut partir tout seul, ce genre de truc !

Ils se tenaient tous les trois dans le même coin du vestiaire, encore incrédules mais sur leurs gardes. Le canon de mon arme passait de l'un à l'autre. Pas de jaloux, pas d'exclusive.

Je ne me détendais pas, et faisais tout pour ne pas trembler, ma rage devenait glacée.

— Marion, on peut parler...

— La ferme, Bastien ! Alors, Valentin, je t'ai posé une question sur l'accord de la comédienne. Je ne suis pas certaine de te l'avoir donné.

— C'était une blague, Marion, juste une blague !

— Eh bien tu vois, c'est comme pour vos fringues et vos affaires, c'est comme une sorte de bonne blague. Aussi géniale que les vôtres, aussi pourrie. Tu comptes récupérer vos frusques ? Et tes copains aussi, je suppose. Mais moi, tu vois, j'ai un petit problème. J'aime pas ton petit film et tu m'as donné des envies de réalisatrice... Déshabillez-vous, tous les trois, immédiatement !

— Qu'est-ce que... ?

— Tu veux rire ?

— Rire ? Avec des mecs comme vous, jamais, Valentin ! À poil ! Avant de vous dire où j'ai caché vos affaires, j'ai un petit truc à vous demander ! Dépêchez-vous, bande d'ordures, parce que je peux aussi me casser après en avoir plombé un, et alors je vous souhaite bien du courage pour récupérer tout ce que je vous ai planqué.

De ma main armée, je continuais à balayer le champ pour me donner contenance et pour les maintenir à distance. Je suis certaine que j'avais aussi peur qu'eux – personne ne joue au héros face à une arme, sauf peut-être les héros dans les films –, mais j'avais juste un peu plus de honte et de rage qu'eux trois réunis.

— Arrête, Marion ! Je peux retirer la vidéo, si tu veux !

— Mais j'y compte bien, seulement avant, j'ai dit à poil ! Je ne discute plus avec des tarés comme vous !

C'est Bastien qui a commencé le premier à retirer son short, il s'est retrouvé en slip, chaussettes et baskets. Après un court moment d'hésitation, Mounir l'a imité, il portait un caleçon avec la tête d'Homer Simpson. Voyant qu'il restait le seul à ne pas avoir encore obtempéré, Valentin s'est résigné à se dévêtir.

— Tss tss, j'ai dit à poil, ça veut dire que vous retirez aussi vos slips et vos caleçons. Vous pouvez garder vos pompes !

Le seul garçon que j'avais jamais vu nu, c'était Barnabé, et encore, quand il était plus petit. Des corps nus, on en croise des armadas entières sur le Net, sans même se prendre le chou à chercher ou à tricher sur son âge. Mais les garçons qui me faisaient face n'étaient pas des inconnus, on se suivait de classe en classe depuis l'école primaire. J'ai détesté les découvrir ainsi. Il n'y avait strictement rien d'érotique dans cette vision détestable, mais je ne voulais pas flancher. Seule face à eux cachant leur sexe du mieux qu'ils pouvaient à mon regard comme à celui de leurs copains, une sorte de point de non-retour était à présent largement franchi.

À leurs pieds, leurs maillots et leurs sous-vêtements paraissaient aussi ridicules que leurs mines défaites.

De la main gauche, j'ai tiré mon portable de ma poche et j'ai pris rapidement trois quatre photos.

— Arrête ça, Marion ! Sinon...

— Sinon ? Tu as bien dit « sinon » ? Alors écoute-moi bien, Mounir. Ce genre de menace, tu vas la gommer de ton vocabulaire, toi et tes deux potes, tu peux ajouter Enzo aussi. Je le dis pour ces photos comme pour la suite. Si dans l'avenir, à moins que je ne te flingue bien sûr, si l'un de vous me dénonce, me cherche, tente même de me tirer la langue, même pour rire, je balance tout au monde entier. Et ma honte, celle que vous m'avez filée au square, ne sera rien à côté de ce que vous vous trimballerez ! C'est clair ?

— Je...

— Je t'ai demandé si ce que je venais de dire était clair, espèce de rat ?!

— Oui, oui, c'est clair.

Les deux autres ont acquiescé en silence. Ils sentaient parfaitement que je ne plaisantais pas.

— Reculez dans le couloir, maintenant !

— Tu joues à quoi ? Je t'ai dit que j'allais retirer le film. Promis. Ce soir, Marion, dès que je rentre chez moi...

— Je ne sais pas pourquoi, mais j'ai comme un peu de mal à te faire confiance, Valentin... Allez, vous reculez... Encore, plus loin... Voilà, c'est bien.

Ils étaient à une bonne vingtaine de mètres à présent, tout au bout du couloir. Même avec une véritable arme, je n'aurais eu aucune chance de les toucher. Mais mon bluff continuait à fonctionner.

— Maintenant, vous allez faire une course, tous les trois. Deux fois le tour de la cour. Les deux premiers gagnent leurs affaires, et le perdant... tant pis pour sa pomme. Pendant ce temps-là, je vous filme avec mon portable, parce qu'il n'y a pas de raison qu'il n'y ait que toi qui vises l'Oscar à Hollywood. Ta vidéo contre la mienne, je trouve ça équitable, pauvre type ! Et vaudrait mieux pour vous qu'on ne retrouve jamais mon film. À côté du tien, le mien ferait un sacré buzz sur le Net, dès ce soir. Promis...

— Marion, déconne pas, il pourrait y avoir du monde qui passe, dans la cour.

— Y'a du monde à m'avoir vue sur YouTube, Valentin, beaucoup trop de monde ! Le tour de la cour, le même qu'on fait avec Devaufleury pour les échauffements. Une dernière chose... juste un rappel... Un mot, juste un mot, une blague, vous êtes morts, en vrai ou de honte, mais morts ! Sortez !

Et j'ai commencé à filmer. Ils hésitaient à franchir le seuil et à passer dans la cour. Deux tours, cela me donnait le temps d'arriver à la porte, de les filmer assez avant qu'ils ne reviennent.

— Marion, arrête ! T'es folle ?

— De rage, oui !
— Marion...
— Attention, trois, deux, un... C'est parti !

La peur de perdre, de ne rien retrouver... Je ne sais pas, ils ont galopé et j'ai foncé au bout du couloir pour les filmer.

Ils galopaient, et mieux qu'ils l'auraient fait sous les ordres de Devaufleury. Une main empaumant leur bas-ventre, l'autre essayant de cacher leur visage. Ils étaient pitoyables.

J'ai filmé en sachant pertinemment que je ne balancerais jamais ce genre de scène lamentable sur Internet, et pas seulement parce que je ne savais même pas comment on s'y prenait. Mais j'ai filmé, planquée derrière la porte du couloir du gymnase, j'ai filmé.

Tout !

Les trois coureurs, bien sûr, mais aussi les fenêtres du bâtiment C. Des têtes ahuries d'élèves s'y agglutinaient, des profs non moins étonnés interrompaient leur cours et observaient. J'ai filmé des élèves hystériques, qui criaient, trop contents de se moquer de trois lascars qui les terrorisaient d'habitude. J'ai filmé aussi la secrétaire du principal qui se précipitait vers le bureau des pions. Et puis j'ai filmé le bus garé devant l'entrée du collège et la cinquantaine de troisièmes qui revenaient de leur voyage en Andalousie. Un pareil spectacle pour les accueillir valait mieux que leurs bagages à récupérer dans les coffres. Ils ont été nombreux à ne pas se faire prier pour sortir leurs portables et me seconder à la caméra.

J'ai interrompu mon film au bout d'un peu plus d'une minute, et je suis retournée dans le gymnase. Au feutre, j'ai écrit sur la feuille accrochée sur la porte de la douche : « dernier vestiaire », avant de l'arracher et de la jeter sur les shorts des trois.

Ensuite, j'ai gagné la porte de secours située à l'arrière du gymnase, et j'ai couru jusqu'aux anciens préfabriqués qui servent de réserve aux hommes d'entretien et où vont se cacher parfois les couples amoureux du collège et les fumeurs qui ont la flemme de sortir sur le trottoir. C'est là que j'ai fait le mur pour atteindre la voie du RER qui passe derrière l'établissement. J'ai marché le long des rails sur deux cents mètres avant de trouver une ouverture dans le grillage de protection et de remonter sur le boulevard.

Je pleurais. Je n'arrivais même pas à me sentir soulagée de ce que je venais d'accomplir, et fière moins encore. Je me sentais sale et amère. Ma rage était toujours là, tenace, comme si elle avait été désormais ma seule véritable amie. Je croyais la dissoudre dans ma vengeance, elle surnageait, maîtresse et encombrante. Je pleurais en silence et j'aurais été bien incapable d'expliquer exactement pourquoi, mais ça coulait brûlant le long de mes joues. Dignes des cataractes d'Iguazu, en Argentine, plus impressionnantes que celles du Niagara, ces chutes incroyables coincées entre le Brésil et le Paraguay, à la frontière des trois pays et que nous rêvions de découvrir, Barnabé et moi. Que nous ne verrions jamais que sur Internet. Jamais en vrai.

Chapitre 9

Coupable, coupable de tout !
La douche que j'ai prise a duré, duré et n'a rien lavé. Ni de ma rage ni de ma honte, encore moins de ma culpabilité et de ma parano grandissante.
J'avais fait le chemin en me retournant tous les dix pas pour vérifier qu'on ne me suivait pas. Les pions, M. Calupe le principal, Enzo en vengeur intraitable de ses trois potes humiliés. Mes précautions étaient inutiles, je demeurais seule dans la foule jusqu'à mon retour à la maison.
Avant de passer dans la salle de bains et de foncer au conservatoire pour mon cours de chant du vendredi soir, j'ai allumé mon ordinateur. Évidemment, la vidéo se trouvait toujours sur YouTube, 2 545 personnes avaient pris le temps de s'en délecter. J'espérais un miracle, mais je savais parfaitement que Valentin ne pouvait avoir eu techniquement le temps de la supprimer. Le temps de récupérer ses fringues,

de s'expliquer avec Calupe ou ses sbires, de rentrer chez lui... ce n'était pas pour tout de suite. S'il la supprimait. Je ne pouvais être sûre de rien.

À mesure que les minutes s'écoulaient, en même temps que cette douche trop chaude, je pensais que cette vengeance avait été une erreur. Si l'un des trois garçons donnait mon nom, j'étais morte, virée du collège, bannie. S'ils ne me dénonçaient pas, ce ne serait pas par crainte de moi, mais pour mieux ourdir leurs représailles. Je m'imaginais très mal continuer à vivre dans la peur d'une expédition punitive d'Enzo et sa bande. La terreur d'un piège à chaque pas, d'un coup en traître au moindre coin de rue. Vivre sur le qui-vive, ce n'était pas vivre. Est-ce que c'était pour cela que mon père avait mis un océan entre lui et nous, pour ne pas avoir peur de nous croiser avec ses maîtresses chaque fois qu'il mettait le nez dehors ? Non, j'imagine qu'on n'abandonne pas ses enfants pour si peu. Mais ce salaud avait dû se sentir tellement soulagé de ne plus nous avoir dans les parages. Je crois que si j'ai pensé à cela en sortant de ma douche inutile et en me séchant en vitesse, c'est parce qu'il me manquait. Pas lui, pas mon père, mais un père, un autre père me manquait. Je n'avais pas les moyens d'interposer un océan entre mes victimes et moi. Ni les moyens ni l'envie. J'avais cru me venger, je ne m'étais qu'un peu plus perdue.

2 547 quand je me suis habillée. Deux de plus en dix minutes, autant dire deux millions...

Est-ce que YouTube comptabilisait par visionnage ou par adresse de connexion ?

Le week-end commençait, les autres troisièmes étaient rentrés. L'info allait se propager aussi vite que je m'étais enfuie du collège. J'étais la honte en vidéo, j'allais devenir la risée personnifiée.

La même parano, les mêmes coups d'œil furtifs dans la rue pour rejoindre le conservatoire. J'ai évité le square Beker. L'idée d'y être reconnue par des promeneurs me terrorisait.

Place Laennec, les tentes des grévistes de l'hôpital étaient toujours dressées. Le personnel en blouse blanche distribuait inlassablement ses tracts et faisait toujours signer ses pétitions aux passants et aux automobilistes.

Sur un marabout bleu était annoncé par un grand calicot qu'avait commencé une :

GRÈVE DE LA FAIM

J'ai lu, et j'ai fait exactement la même confusion que quelques jours auparavant, et là aucune branche ne cachait le G et les majuscules étaient parfaitement claires. Une plus grande confusion encore, plus terrible, plus radicale. J'ai lu sur la banderole qui marquait l'entrée du marabout :

RÊVE DE LA FIN

C'était de ma fin que parlait cette banderole ! De celle qu'allaient me préparer Enzo et ses trois copains.

Je ne suis pas tombée, ne me suis pas rouvert le crâne, n'ai pas eu besoin qu'on me recouse une nouvelle fermeture Éclair entre l'oreille et le front. J'ai continué à marcher. Et puis j'ai vu maman. Dans une rue adjacente. Elle conduisait sa vieille Clio vert pistache et sortait du parking du personnel de l'hôpital. Le temps que la barrière se lève pour libérer l'accès à la rue, son passager lui a roulé un patin d'enfer qu'elle a pris tout le temps de lui retourner et de savourer.

Je me suis cachée derrière le tronc d'un platane. Je n'arrivais pas à savoir ce que provoquait en moi de voir ma mère langoureusement enlacée dans les bras de cet homme. Étrange impression tout de même. Les autres, les quelques autres que nous avions vus, depuis son célibat forcé... Victor, un gringalet qui cherchait davantage une infirmière à domicile qu'une femme ; Raymond, entrepreneur en travaux publics qui voulait une secrétaire plus qu'une compagne ; Pierrick, 3 sur 10 à cause de son haleine de fumeur selon Barnabé, une comète passée si vite ; Jacky, à qui Barnabé avait accordé un 2 quand il avait proposé qu'on l'appelle papa avant même d'avoir fini son entrée à table... la liste n'a aucun intérêt, mais ces hommes avec lesquels je l'avais vue partir ou rentrer d'un resto ou d'un ciné, et pas seulement ceux qu'elle avait congédiés au bout d'une soirée, tous avaient toujours eu la pudeur de ne pas être trop démonstratifs devant mon petit frère et moi.

Il a fallu que le conducteur derrière eux s'impatiente et klaxonne deux fois pour qu'ils se décollent de leur étreinte langoureuse et que la Clio libère la sortie. Le docteur Didier Cayrol, mon toubib, est resté soudé à ma mère alors qu'elle s'engageait dans la rue.

Barnabé...

Tu fais comment pour tout sentir et tout comprendre, Barnabé ? Apprends-moi, je t'en prie, je suis si nulle à côté de toi.

*

— Marion ?

Je n'avais pas remis les pieds au conservatoire depuis mon hospitalisation. Les pieds, et surtout ma tête de zombie sur laquelle de petits cheveux ridicules de trois millimètres formaient un gazon coupé trop ras. J'étais en retard à la répétition et mes seize camarades étaient tous déjà rassemblés sur la scène de l'auditorium autour de M. Ménard. Je continuais malgré moi à en vouloir à la terre entière.

Un silence aussi glacial que gêné a accompagné mon entrée et la surprise du prof. Cela semblait hésiter entre *Le retour de la Jedi* et *La Résurrection de la morte-vivante*. Visiblement, les regards et les esprits balançaient surtout entre la stupéfaction et le dégoût pour mon allure. J'imagine qu'en découvrant ma tronche tondue, certains ont supposé que je sortais d'une chimiothérapie.

— Bonjour tout le monde, excusez pour le retard, ai-je lancé froidement.

Sans attendre qu'on me réponde, je suis allée chercher une chaise en coulisse et ai rejoint le cercle pour écouter Ménard. Son précieux bloc-notes entre les mains, il avait commencé à donner ses conseils de placement pour le spectacle de fin d'année.

À côté de moi, Samira, pianiste et xylophoniste, m'a décoché un de ses plus jolis clins d'œil. Cela m'a fait un bien fou, j'aurais pu fondre là, sur scène, comme une boule de neige trop proche de l'âtre. C'était le premier sourire de la journée. Mais je n'ai pas été capable de lui renvoyer son sourire. L'idée que cette fille me fasse signe parce qu'elle avait vu la vidéo m'a traversé l'esprit. Je devenais complètement folle. J'entendais notre prof sans vraiment l'écouter.

Je n'arrivais pas à penser à autre chose qu'à la rage que j'avais dû insuffler aux amis d'Enzo. La mienne à côté ne pèserait pas bien lourd.

Ménard s'expliquait avec le quatuor qu'il ne trouvait pas encore assez au point sur l'*Andante* de Vivaldi.

Et lui, il l'avait vue, la vidéo ?

Arrête, Marion, sinon c'est en psychiatrie qu'on t'embarque !

Tenir jusqu'au concert de fin d'année. Tenir au moins jusque-là. Rien d'autre n'avait d'importance.

— Du sucre, ça ne veut pas dire de la guimauve ou du chewing-gum ! Encore moins du gluant... *Andante* ! Ce n'est pas *largo* ou *adagio*. Vous n'êtes pas loin, mais pas encore exactement dedans. Je veux que vous retravailliez ensemble, quand vous le voulez, mais ensemble, et je veux une heure, au moins une heure avec vous quatre en début de semaine. Avant la répétition générale de vendredi prochain, évidemment. On fixe ça tout à l'heure, d'accord ?

Grégoire Ménard était un bonheur de prof qui adorait mélanger les genres. Le spectacle de fin d'année était divisé en deux parties. Durant la première, les classes d'harmonie et d'instruments présentaient chacune à leur tour un petit récital des prouesses de leurs meilleurs éléments. Cela prenait une bonne heure et demie pendant laquelle les parents invités rentabilisaient à mort leurs caméscopes, leurs iPhone et leurs tablettes numériques en soignant leur égo et celui de leurs enfants. La seconde partie était réservée cette année aux chanteurs de Ménard. Sans doute un petit signe du directeur du conservatoire pour un futur retraité.

Notre professeur avait concocté un programme comme il les aimait, aussi iconoclaste et imprévisible que lui. Il nous avait simplement invités à lui fournir deux titres, un classique et un contemporain, pas plus. Après, il avait choisi, seul, et sans négociation possible. Dans huit jours, Vivaldi croiserait Quincy Jones dans une adaptation jazz et très joyeuse de *Birdland,* Gounod et son magnifique *Ave Maria* précéderait Adèle et le célèbre *Rolling in The Deep.* Le public aurait droit au *Back to Black* d'Amy Winehouse et à la déclaration de Papageno à Papagena dans *La Flûte enchantée* de Mozart avant le final, tous ensemble et a cappella : *India Song* de Carlos d'Alessio.

Cet homme donnait envie d'avoir envie et de se surpasser. Son exigence était parfois lourde à supporter, mais elle était toujours fondée et accompagnée d'une générosité rare et si précieuse.

« Vous êtes là pour chanter et chanter, et chanter de tout ! Vos cordes vocales sont des athlètes de haut niveau et tout ça, ça s'entraîne ! Chanter de tout ! La paraplégie ou l'hémiplégie de la corde vocale, c'est ailleurs que chez moi ! Je veux autant d'âme, la même pêche pour un morceau classique que pour un rock ! Vous ne pourrez jamais jouer de tous les instruments de l'orchestre, mais à vos âges, ce serait un péché de ne pas être curieux ! C'est comme pour la nourriture, vous goûtez et après, quand vous ne serez plus avec moi – je sais, ça vous fera des vacances –, vous affinerez vos choix. En attendant, c'est moi qui commande et c'est sans discussion ! » répétait-il en prenant des attitudes de despote qu'il n'était jamais.

Grégoire Ménard donnait envie de vivre, et moi, je pensais que je n'allais plus en avoir le loisir très longtemps. Il savait insuffler la force de se surpasser, mais aujourd'hui, ma force, je l'avais laissée dans un vestiaire puant au collège.

— Tu es venue sans tes cheveux, Marion ?

Il venait de se tourner vers moi. Il avait cette grimace sur le visage. Une sorte de sourire ténu légèrement de biais, qui témoignait de sa sollicitude à l'égard des autres.

— C'est ni gentil ni très drôle, m'sieur...

— Non, je sais, ta mère m'a téléphoné pour m'expliquer ce qui t'était arrivé. Mais ce qui n'est pas très drôle, c'est que tu sois venue à la répétition sans ta guitare. Cela, vois-tu, ça hérisse le peu de cheveux qu'à moi il me reste ! Les tiens vont repousser, les miens tombent ! Ça, c'est dans la nature des choses, et je m'y fais, mal, mais je m'y fais ! Par contre, pour ta guitare... j'ai plus de difficultés !

Gourde, pauvre cruche fêlée et raccommodée de quinze points de suture ! À perdre du temps et à reluquer YouTube, à penser à tout pour me venger d'une bande de nases, à remettre à sa place l'arme empruntée à mon petit frère, j'en avais oublié mon instrument à la maison.

— Je suis désolée, monsieur, c'est la première fois...

— Pour l'*Ave Maria,* tu n'en as pas besoin, c'est vrai, mais pour ton Adèle, c'est plus délicat. Ce n'est pas rien de t'avoir désignée comme soliste pour ce morceau. Je suis certain d'avoir fait des jalouses dans la classe en te choisissant. Tes quatre musiciens sont prêts et attendent tes premiers accords... mais sans ta guitare, Marion, on fait comment ? Tu es bien sûre de vouloir chanter ?

— C'est la seule chose dont je sois sûre...

Je n'ai pas pu en dire plus. Je n'avais plus de souffle, plus de salive, plus que mon désespoir. Brusquement ma gorge me brûlait, un incendie qui dévastait tout. Là, à cet instant, j'aurais bien été incapable de laisser échapper la moindre note. Je me suis redressée puis levée de ma chaise. J'adorais cet homme, et pourtant c'est lui qui allait prendre. Pour tous. Pour les Enzo, pour les deux mille mateurs de ma culotte et les filmeurs de vidéos assassines, pour les pères qui abandonnaient leurs enfants, les mères qui doutaient tellement d'elles, pour les toubibs qui sautaient sur l'occasion, pour l'idiote qui s'était laissé embobiner par des paroles gluantes de sucre, pour les salauds qui ne m'avaient pas rendu mon carnet noir, pour toutes les filles humiliées, pour mes cheveux scalpés, pour la mèche morte dans la crinière de ma mère, pour les inondations de Barnabé la nuit, pour...

J'ai avancé d'un pas.

J'allais le mordre, lui sauter à la gorge pour le saigner. Je sentais ma rage et ma douleur gonfler comme une pâte. Le tuer lui, c'était les tuer tous, et pas avec un pistolet en plastique comme celui de Barny. Après, ce serait fini, je pourrais m'enfuir, comme je savais si bien le faire, comme mon père l'avait si mal fait...

— Marion ?

Je ne l'entendais plus. Je tremblais.

— Marion...

Quoi, qu'est-ce que tu veux ? Toi aussi tu m'as vue sur YouTube ?

— Marion... Si dans un conservatoire de musique on ne trouve pas une bonne guitare pour toi, c'est que nous ne sommes pas dans un conservatoire... Mais ne viens plus à mon cours sans ton instrument. Et ta rage... Garde-la précieusement, pas pour me frapper, mais pour ta prestation. Et alors, je n'ai aucun doute là-dessus, ce sera parfait !

Une main m'a attrapé l'avant-bras, je ne sais pas laquelle, peut-être celle de Samira. M'a fait reculer vers ma chaise, j'ignore comment. Un mouchoir en papier m'a été tendu, je ne sais pas par qui, pour que je me mouche et sèche les larmes qui inondaient mon visage.

*

Ils m'ont applaudie ! Moi, la plus jeune de toute cette bande. Même mes musiciens m'ont applaudie, à la fin du morceau. Samira la première, au-dessus de son clavier, immédiatement imitée par tous les autres. Et applaudi longtemps.

Entre nous, cela n'arrivait jamais. Nous nous contentions d'un sourire, d'un hochement de tête entendu, parfois d'un chaleureux « bravo » d'encouragement, mais jamais nous ne nous applaudissions. « Laissez cette petite initiative à votre public, sinon, que leur reste-t-il ? Vous ne voulez pas non plus leur payer leurs places ? Alors laissez-leur au moins ça ! » avait tendance à rappeler M. Ménard.

Lui n'a pas applaudi. Il a souri, savouré le silence du groupe qui attendait son verdict et a déclaré d'un air faussement sévère :

— Marion, je t'interdis...

J'ai recommencé à paniquer, malgré moi et le cadeau que les élèves du cours venaient de m'offrir.

— Je t'interdis, d'ici le concert, d'oublier une seule fois ton instrument.

— Oui, monsieur !

— Je t'interdis aussi de rater une seule répétition...

— Je vous le promets, m'sieur !

— Celles de mercredi, de jeudi soir et la générale de vendredi...

— Oui...

— Et puis je t'interdis de tomber dans les pommes dans la rue ou ailleurs, de t'ouvrir le crâne, de te casser même le petit doigt ! Et je t'interdis catégoriquement de chanter moins bien samedi prochain. C'est bien clair, Marion ?

— Oui, monsieur !

Est-ce qu'il le savait, lui, à cet instant, à quel point une fille comme moi aurait eu envie de lui sauter au cou pour l'embrasser ? Comme un père. Je suis sûre que oui.

Chapitre 10

— T'en as fait quoi ?
— Je ne sais même pas de quoi tu parles, Barny.
— De Nickel-Nickel, mon pistolet automatique.
— Parce qu'elles ont des noms, tes armes ? C'est nouveau.
— C'est pas la question ! T'en as fait quoi ?
— Je n'ai pas pris ton Nickel-Chrome.
— Nickel-Nickel ! Je suis sûr et certain que c'est toi qui y as touché. Il n'était pas rangé à la même place.
— Et en plus tu ranges tes affaires, c'est encore plus nouveau ! Ça fait beaucoup d'informations en si peu de temps, mon lapin d'amour !
— Tu ne m'auras pas avec tes surnoms débiles, je sais que c'est toi qui y as touché. Je veux que tu me dises ce que tu en as fait.
— Tu veux vraiment savoir ?
— Ben oui, quand je pose une question, c'est pas juste pour faire du bruit avec ma bouche.

— J'ai pas touché à ton flingue.

— Tu chantes faux !

— Ah non, tu me dis ce que tu veux, mais ça, tu vois, on m'a assurée du contraire au conservatoire ce soir.

— Marion, si tu as touché à ses affaires, ce n'est pas grave, cela peut se dire...

J'ai levé un œil mauvais vers ma mère qui revenait de la cuisine avec le plat de cannellonis. Taquiner Barny était une chose que je goûtais toujours avec plaisir, mais que maman reste en dehors de notre joute.

— Pourquoi, tu dis tout, toi ?! Ça s'est bien passé avec tes Bavarois de Munich aujourd'hui ?

— Oui, enfin... Oui, à vous deux, je dis tout ce qu'il y a à dire... elle a bredouillé, surprise par la brusquerie de mon ton et de ma question. Et sinon, les Bavarois vont acheter l'entrepôt et les bâtiments adjacents. Le compromis est en cours de signature, c'est plutôt très bien parti.

Éviter de lui demander si elle était allée fêter ce nouveau contrat avec le toubib qui m'avait recousue à l'hôpital. Éviter de lui dire que je l'avais surprise en train de sucer la pomme de Didier Cayrol. Surtout calmer ma rage qui louvoyait là, toujours prête à cracher son venin. Lorsque j'étais rentrée du conservatoire, j'avais eu le temps de passer dans ma chambre avant le dîner, de constater que la vidéo n'avait pas été retirée de YouTube.

— Ton assiette, Barnabé, s'il te plaît.

— Pas trop, m'man. N'empêche que je sais que c'est toi, pour Nickel-Nickel !

— N'importe quoi, j'ai rien à faire avec un flingue, surtout un pistolet qui porte un nom aussi débile ! Où vas-tu chercher des trucs pareils ? En plus, il est noir ton pistolet, le nickel c'est argenté...

J'ai freiné trop tard. Idiote. J'avais avoué sans m'en rendre compte. Une pareille précision ne pouvait échapper à un fin limier tel que mon Barnabé.

— Tu vois bien que c'est toi. De toute façon, je le savais, parce qu'il me l'a dit quand je suis rentré de l'école. Il était content d'être sorti se promener, c'est pas ça le problème, mais ce qu'il ne m'a pas expliqué, c'est pourquoi tu l'avais emmené dehors aujourd'hui.

— Marion, tu as pris un des pistolets de ton frère pour l'emporter au collège ? est intervenue maman en me tendant mon assiette trop pleine.

— Pose la question au lit de Barnabé, tu sais, celui qui lui pisse dessus la nuit, à mon avis, il a tout vu. Et sa lampe de chevet aussi est témoin. Mais bon, ça va, j'avoue, c'est moi. J'étais pas seule, la table de nuit m'a aidée, elle faisait le guet quand j'ai piqué l'arme du crime.

— Ma table de chevet ? N'importe quoi, tu dis vraiment n'importe quoi, toi. Tu te moques parce que tes guitares, elles ont même pas de nom, alors tu les oublies quand tu vas au conservatoire.

— Je n'aime pas cet humour, Marion. Peux-tu nous expliquer ce que tu faisais avec ce jouet au collège ?

Me calmer, surtout me calmer.

— Tu peux bien me répondre à moi, j'ai un truc super important à te dire, un truc qui va te faire plaisir, super plaisir même, a fait Barnabé en essayant de calmer la tension qu'il sentait monter à cette table.

— Marion ? Je t'écoute.

N'insiste pas, maman, je t'en prie, n'insiste pas ! Tu sais que je ne sais pas mentir. Change de sujet !

— Marion, déjà, je déteste ces armes, alors, qu'elles sortent de la maison... Là, ça ne va plus du tout. Marion, peux-tu m'expliquer pourquoi tu as eu besoin d'un...

— Et toi, peux-tu nous expliquer pourquoi tu t'envoies en l'air avec Didier Cayrol ? T'es une rapide ! Vous êtes allés à l'hôtel ou chez lui ?

J'ai vu sa main, armée de la cuillère de service, vaciller. Le couvert est retombé à côté du plat en éclaboussant la nappe de sauce et de viande hachée. Maman aussi a vacillé. Elle a jugé bon de s'asseoir sur sa chaise. Tout d'un coup, plus rien n'a semblé plus important au monde pour elle que de lisser et relisser de l'index le bord de sa serviette posée pliée à côté de son assiette vide.

— C'est bon, tu fais ce que tu veux ! ai-je lancé maladroitement en guise d'apaisement, mais trop tard.

J'étais nulle, mais pour rien au monde je ne l'aurais reconnu. Maman n'était pas une collectionneuse d'amoureux. Elle ne cherchait pas un papa pour ses enfants, et pas plus un chéri juste disponible pour lui tenir compagnie et lui faire les câlins qui lui manquaient. Belle comme elle l'était, elle pouvait trouver n'importe qui facilement. Je savais qu'elle ne désirait pas n'importe qui, elle voulait un compagnon qui la fasse rêver, qui lui prenne la main en pleine rue, qui ne l'aime pas en secret et qui, de temps en temps, vienne la chercher à la sortie de son travail. Et franchement, cet homme pouvait tout à fait être le bon, au regard de si nombreuses autres mauvaises pioches. Mais la vidéo était toujours là, tout comme ma rage et ma mauvaise foi. Je savais parfaitement que c'était moi la rapide qui avais fondu si vite dans les bras d'Enzo, seulement, même sous la torture, pour rien au monde je ne l'aurais reconnu.

— Je l'avais bien dit que je lui mettais au minimum 8 au docteur Cayrol ! a fait remarquer Barnabé, bien plus efficace que moi pour arrondir les angles.

— Je...

Elle continuait à encaisser l'information et n'arrivait pas à construire une phrase.

— T'es méchante, Marion ! T'es vraiment méchante ! Le docteur Cayrol, c'est pas le père qu'on... je veux dire le pire qu'on a vu passer à la maison.

Dans une autre situation, le lapsus de mon petit frère nous aurait fait éclater de rire. Pas là, vraiment pas là.

Calmement, très calmement, elle a arrêté de caresser sa serviette et a levé ses grands yeux sombres sur moi. Elle a fait passer la cuillère de la nappe au plat, n'a pas jugé bon de se préoccuper de l'auréole grasse qui l'imprégnait et s'est servi une portion ridicule de pâtes, comme si elle voulait juste éviter qu'on lui fasse remarquer qu'elle ne mangeait pas grand-chose. Tout ça sans cesser de me regarder.

— Je ne sais pas ce que tu as vu, ma fille, et je m'en moque au fond. Je te rappelle...

— Je sais, tu es une adulte et pas moi ! ai-je dégainé trop vite.

— Je te rappelle que j'ai été plus délicate quand on t'a ramassée dans la rue, habillée et maquillée comme jamais on ne t'a vue pour aller à ton cours au conservatoire. Je t'ai posé une question au sujet du pistolet de ton frère, et plutôt que de me répondre simplement, tu réponds vite et fort. Je trouve cela suspect, vois-tu.

— Moi je sais pourquoi elle est comme ça !
— La ferme, Barny, c'est entre maman et moi !
— Et je peux t'annoncer que j'ai invité Didier Cayrol à m'accompagner à ton concert avec Barnabé, samedi prochain.
— J'suis d'acc, comme ça, si on a un accident, il pourra toujours nous...
— On t'a pas sonné, toi ? Écrase !
— C'est ça, oui, tu me parles mal parce que je suis petit, n'empêche que moi, je ne me montre pas à tout le monde en train d'embrasser les garçons sur Internet !
— Attends, Barnabé, de quoi parles-tu ?

Le coup en traître de mon petit frère m'a atteinte comme un uppercut en plein foie. Les cannellonis ont brusquement changé de goût.

— C'est pas ma faute, m'man, l'ordi de Marion était allumé quand je suis entré dans sa chambre. Il y avait cette vidéo et j'ai juste eu à cliquer dessus pour qu'elle se relance.

Il pleurnichait en se justifiant. J'étais debout, prête au meurtre.

— Tu sais, on te reconnaît plutôt bien, c'est qui le garçon, il a l'air très amoureux ?

Il a dû sentir que j'étais décidée à l'étrangler.

— Mais tu sais, t'es super jolie dessus. Enfin, c'était quand t'avais des vrais cheveux, pas une moquette ! a-t-il dit, terrorisé, en guise de compliment, je suppose.

— Tu vas la fermer ta petite gueule de cafard ! j'ai hurlé, hystérique.

— Marion, ça suffit ! Personne ne parle à personne ainsi dans cette maison ! Une arme, même factice, une vidéo sur laquelle tu te montres en train d'embrasser quelqu'un, tu m'expliques tout de suite !

— Y'a rien à expliquer ! Tu voulais peut-être que je te filme avec ton toubib ?

— Tu te défends mal, ma fille. Du moins comme une coupable, alors tu nous expliques, j'attendrai le temps qu'il faudra !

Elle ne céderait pas, je le savais. Maman était capable de la plus terrible pugnacité, et plus encore quand elle s'inquiétait pour ses deux enfants. Apprendre à mentir. J'avais lu un jour que le mensonge était la meilleure réponse à une question qui n'avait pas besoin d'être posée. J'avais toujours trouvé cette phrase archinulle, mais là, je n'avais plus le choix.

— Un film, on tourne un film avec des copains et des copines du bahut. Il y a plusieurs scènes, et pour le pistolet de mon imbécile de frère, j'avais besoin d'un accessoire, c'est tout !

— Je suis pas un imbécile du tout, et t'avais qu'à le dire, c'est toi qui es bête et méchante, et j'espère qu'il y aura le nom de Nickel-Nickel au générique, sinon c'est pas juste ! On ira quand le voir au cinéma ?

— Toi ? Jamais ! Et encore moins accompagné du docteur Cayrol !

Là encore, c'est parti trop violemment et trop vite. Je faisais payer à Barnabé l'impasse dans laquelle il m'avait mise et j'aurais été capable de l'accuser de m'avoir obligée à mentir. Maman avait l'air d'avoir gobé cette histoire de film.

— Marion, ça suffit ! J'ai dit que je ne voulais pas de ce genre de ton dans ma maison ! Tu montes dans ta chambre ! a-t-elle lancé en claquant la table du plat de sa main – le maillet d'un juge de paix qui s'abat et rend son verdict. Bonsoir !

Nulle, hystérique et parano... joli profil, la fille.

Barnabé pleurait, totalement déboussolé par ma réaction quand j'ai quitté la table.

— Eh bien moi, je lui dirai pas la bonne nouvelle que je savais et que j'avais pour elle ! Je ne lui dirai jamais ! a-t-il fait en se précipitant vers ma mère.

— Si tu savais ce que je m'en fous ! Et c'est ça, va soigner ton Œdipe dans les bras de ta mère !

Je l'ai entendu lui demander :

— C'est quoi, une dipe, c'est une maladie ?

— Mortelle ! j'ai crié en claquant la porte de ma chambre.

*

J'ai tenté de me consoler avec ma guitare. Mais la force et la rage qui avaient tant séduit Ménard et ses musiciens tout à l'heure, si elles étaient toujours bien là, ne faisaient plus du tout le même effet. Mes doigts étaient plus gourds, mes accords plus laborieux. Comment les mêmes émotions pouvaient-elles produire des résultats si différents, opposés ?

J'ai espéré entendre maman frapper à la porte, pour venir parler. Comme dans les téléfilms, une fois la tempête passée, les cris étouffés, les larmes séchées et les insultes regrettées, les choses essentielles vont se murmurer, s'avouer entre la mère et la fille, le petit frère va se lever, curieux, pour rappliquer chargé de trois doudous, demander « de quoi vous parlez toutes les deux, je peux venir ? » et, sans attendre d'y être invité, sauter sur le lit pour un câlin général. Générique, violons. Page de pubs pour des Kleenex super absorbants et une mutuelle d'assurances dans laquelle les clients chantent à l'unisson et à tue-tête avec leurs conseillers financiers.

En vain. La vie n'est jamais une comédie musicale romantique !

Maman a envoyé Barnabé se coucher après le dîner. Elle est restée avec lui dans sa chambre un moment après l'avoir fait passer deux fois par les toilettes. Je les ai écoutés parler, sans percevoir l'objet de leur échange du soir. Elle est passée devant la mienne en lançant simplement :

— Bonne nuit, Marion !

Et s'est contentée de ma réponse toujours rageuse et à peine marmonnée.

Plus tard, je l'ai entendue, du salon, longuement bavarder au téléphone. À son amoureux ou ses amies, je suppose.

Moi je n'en avais pas, ni de l'un, ni des autres, j'étais toujours aussi seule. Et même mes guitares me faisaient défaut ce soir.

J'ai écrit cela, et tout le reste – le vestiaire, les trois imbéciles nus dans la cour, la répétition au conservatoire – dans un cahier neuf. Je ne récupérerais jamais l'autre, le vrai, celui avec mes poèmes et mes chansons, il fallait que j'en commence un nouveau. J'ai aussi écrit sur deux pages entières ma peur d'une expédition punitive d'Enzo et de sa bande.

Au moins, la police saurait où chercher pour arrêter les coupables quand on aurait retrouvé mon cadavre.

Nulle, hystérique, parano et de plus en plus morbide. Un vrai bonheur de nana !

Chapitre 11

Dimanche soir.
C'est une vague que je ne peux pas arrêter. Une vague qui pourrait me noyer. J'en suis consciente et je ne sais pas comment faire.
J'ai essayé de comprendre comment on pouvait retirer une vidéo de YouTube, mais certaines personnes bien intentionnées l'ont déjà téléchargée pour la mettre sur leur mur Facebook, et à présent tout m'échappe. Même si ce salaud de Valentin avait voulu retirer son film, cela ne changerait plus rien.
Ils sont plus de 4 800 à l'avoir visionné ce soir. Dont mon petit frère.
Il m'en veut de ma colère de vendredi soir. Et il est tenace.
Maman n'a pas remis sur le tapis notre dispute, mais je sais qu'elle y pense. Même si je crois qu'elle a gobé mon histoire de tournage de film, je suppose qu'elle attend que je me décide à venir lui parler. Mais

pour lui dire quoi ? Que je regrette, et que son nouvel amoureux n'est vraiment pas mon problème ? Que je lui ai menti ? Que j'ai fait chanter trois terreurs du bahut et que maintenant je suis angoissée comme jamais à l'idée d'y remettre les pieds ?

Personne, il n'y a personne pour me venir en aide, pas une seule vraie amie pour prendre ma défense ou servir de réceptacle à mes orages. J'ai fabriqué cette solitude en imaginant qu'elle était ma meilleure protection...

Mais te protéger de quoi, pauvre conne ? Tu t'es enfuie des autres comme ton père s'est enfui de France, toi aussi tu as mis des océans et des montagnes entre ceux qui t'entourent et toi-même. Tu sais que tu t'es trompée, mais tout est trop tard, à présent.

Maman est mille fois plus fine que moi en cherchant à crever la bulle du trio hermétique que nous formons dans cette baraque avec Barnabé. Elle est peut-être tombée sur des nases parfois, des types qu'elle avait dégottés comme on trouve un chemisier craquant le premier jour des soldes. Un chemisier qui, une fois porté, nous semble le vêtement le plus improbable à remettre. Mais au moins, maman se plonge dans la vie plus que moi. Voilà la vérité. Maman consomme et désire, alors que je suis sur la touche.

Je rase les murs avec ma tête rasée de bonze. Je suis devenue lisse et je passe à côté de la vie. Trop tard maintenant pour changer le cours des choses.

Je suis sûre qu'ils se vengeront de la honte. Ils ont plus peur de cela que d'une flopée d'heures de colle, d'un redoublement. La honte est leur seul cancer incurable. Et je suis exactement comme eux. Aussi dingue, encore plus seule et sans doute plus à côté de la plaque qu'eux quatre réunis.

Je suis désolée, maman, je suis tellement désolée, Barny. Je vous aime tant tous les deux.

Demain au collège, plus que d'habitude, je vais devoir raser les murs.

La vie n'est qu'un grand supermarché dans lequel on se sert, au gré des rayons et à tout-va. Le problème, c'est qu'il faut passer à la caisse une fois son chariot plein. Moi, pauvre conne, je vais passer à la caisse et il n'y a rien dans mon Caddie.

J'ai refermé le cahier. Ce que je venais d'écrire n'était que la répétition en plus mélancolique et plus amer de ce que j'avais rédigé vendredi soir. Ce n'était plus un journal intime, mais déjà un testament.

J'ai éteint la lumière et me suis couchée. Je suis restée allongée dans l'obscurité à fixer la boule japonaise qui sert de lustre à ma chambre. Elle ressemblait à un globe terrestre sur lequel les ombres portées, grâce aux lueurs pâles du réverbère de la rue, avaient gommé les continents et les océans. J'étais une naufragée et il n'y avait plus de port pour abriter la coque de noix qui me servait de navire.

Au bout d'un long moment, je me suis levée, sans allumer.

Il fallait que je parle à ma mère, que je lui explique pour Enzo et les autres. Pour le vestiaire, le pistolet de Barny. Maman saurait me conseiller, me défendre, trouver une solution. Les mamans ourses ont des rages qui savent éloigner tous les chasseurs et tous les dangers.

Toujours dans le noir, je suis sortie de ma chambre pour descendre au rez-de-chaussée. Du salon me parvenaient les répliques d'un film ou d'une pièce de théâtre qu'elle devait regarder. Elle avait laissé le lampadaire de la bibliothèque allumé. Je me suis arrêtée juste à temps en haut de l'escalier.

Ce n'était pas un film, pas une actrice, mais bien la voix de ma mère qui murmurait. Elle devait être encore au téléphone. Mon pied n'a jamais atteint la première marche. J'ai entendu la réponse de l'homme résonner dans le salon et j'ai vite compris. Le docteur Cayrol n'était pas de garde ce soir, et à ce que j'ai entendu quelques instants plus tard, maman et lui se consolaient tendrement de toutes les ornières et de tous les accidents de leurs vies.

J'ai rebroussé chemin vers ma chambre, comme une voleuse. Ce coup-ci, pas de doute, j'étais seule, vraiment seule.

*

— En conseil de discipline ? Vous êtes sûrs ?
— Tu m'étonnes ! Attends, tu te rends compte, courir à poil dans la cour ? À mon avis, ils avaient fait un pari ou quelque chose dans le genre. C'est bien leur style.
— Mais vous avez vu quoi exactement ?
— Ben rien, tu penses, ils ont fait ça après le cours de gym ! Dommage, j'aurais fait des photos pour les mettre sur mon mur. J'aurais kiffé à mort.
— Sur Fesses-book ?
— Très drôle, t'as trouvé ça tout seul ?
— Non, ça m'arrive de réfléchir.

Même pas besoin de poser des questions ou d'enquêter, ce lundi, les exploits du trio occupaient toutes les conversations de la cour depuis que j'étais arrivée au bahut, un nœud gordien au ventre et un large bandana couvrant ma tête. Il y avait ceux qui avaient vu, ceux qui avaient entendu dire. Mais tout le monde en parlait. Moi aussi, au moins pour faire mine de découvrir l'événement.

Bastien, Mounir et Valentin avaient été exclus jusqu'à mercredi, en attendant leur passage en conseil de discipline jeudi matin, en présence de leurs parents. Mon nom n'apparaissait jamais dans les conversations ni au gré des informations plus ou moins claires que recoupaient les élèves entre eux. D'une certaine façon, j'en étais rassurée, mais je me savais nullement sortie d'affaire, j'en ai eu la confirmation en fin de matinée.

Si ses trois potes étaient absents, Enzo était revenu. Il restait en retrait de toutes les palabres croustillantes et interloquées des autres élèves. J'ai vaguement compris que sa mise sur la touche du collège était liée à une affaire de racket sur le portable d'un sixième qui avait eu le courage et la témérité de porter plainte auprès de Calupe. Non, si Enzo la jouait discret, c'est surtout parce qu'il savait, et aussi bien que moi, ce qui s'était passé dans le vestiaire trois jours auparavant. Je sentais son attention peser des tonnes sur moi.

Enzo n'oubliait jamais – et il avait une dette envers ses trois copains humiliés. Il me l'a fait comprendre d'un geste alors que nous nous dirigions vers le self, à midi.

Un geste clair et lapidaire. Tranchant et sec. Il a fait passer l'ongle de son pouce sur sa gorge en me fixant intensément avant de m'adresser un sourire entendu et glacial qui m'a fait frémir plus encore que sa menace. Je me souvenais avoir vu ce geste dans un film. Un Spielberg, *La Liste de Schindler*. Les juifs déportés traversaient l'Europe de l'Est dans des wagons à bestiaux. Ils pensaient arriver dans un camp de travail, et sur le bord de la voie de chemin de fer, un petit garçon faisait ce geste, exactement le même geste et le même sourire, pour signifier aux malheureux le sort qui les attendait.

Je n'ai rien pu avaler au self, rien entendu des cours des profs, à peine recopié les hiéroglyphes qu'ils notaient au tableau, me suis contentée d'ouvrir les bouquins à la page demandée. J'avais l'impression que plus rien de ma vie n'avait d'importance puisqu'elle allait se refermer bientôt. Bêtement, je n'avais en tête qu'une chose : tenir jusqu'au concert de samedi – mais samedi me semblait tellement loin.

— C'est toi, Marion ?

Il était arrivé par-derrière et s'était permis de poser sa main sur mon avant-bras.

Je me suis retournée en sursautant et j'ai crié.

— Ne me touche pas ! ai-je fait en me dégageant violemment.

J'étais certaine d'avoir affaire à Enzo.

— Eh ! c'est bon, c'est rien, doucement... Je voulais te demander...

Un grand échalas roux dans un sweat large sur lequel on lisait dans un cœur « TE QUIERO. SEVILLA » se tenait devant moi. Il cherchait ses mots, totalement décontenancé par la fureur de ma réaction. Il avait du mal à garder ses yeux bleu clair, presque transparents, dans les miens, sans doute si sombres et si enragés.

— Qu'est-ce que tu me veux ? ai-je fait, toujours prête à mordre.

— Non, mais, rien... C'est toi qui chantes samedi au conservatoire ?

— De quoi tu te mêles, tu veux des places ? J'en ai pas !

— Non, je n'en ai pas besoin, j'ai ce qu'il faut. Ma sœur, Solène, chante avec toi, dans le même cours. J'ai entendu parler de toi, tout le week-end, en fait. Elle était plutôt impressionnée, et c'est pas souvent. Paraît qu't'es plutôt très bonne ?

— Très bonne à quoi ? ai-je craché.

Il voulait quoi, ce poireau mal coiffé qui tenait à faire savoir qu'il était allé en Andalousie ? Me parler de la vidéo ? Vérifier si j'avais changé de culotte ? Je n'étais vraiment pas en état de goûter ses compliments.

— T'es parano ou quoi ? Je te parle de musique, enfin j'essaie. On a monté un petit groupe de rythm'n'blues avec trois copains – Il s'est tourné vers deux troisièmes qui étaient restés en retrait contre un mur du réfectoire et qui nous observaient –, je suis saxo... et... on compose et on écrit des textes... en fran-

çais, en anglais et aussi en espagnol. On cherche une chanteuse qui soit au niveau, et Solène...
— Je ne chante jamais en espagnol ! Jamais !
— Non, mais... c'est pour dire.

Il passait d'un pied sur un autre, un peu comme s'il avait eu une envie pressante d'aller aux toilettes, surtout très perturbé que je ne soutienne pas ses efforts tangibles de conversation.
— C'est pour dire quoi ?
— Moi, c'est Alexis, je suis saxo. Je viendrai écouter ma frangine samedi et puis t'écouter aussi...
— Merci, salut ! ai-je coupé, toujours aussi brutale.
— Attends, c'est dingue, t'es grave stressée comme fille...
— C'est pas tes affaires !
— Non, c'est vrai, mais la vie est assez courte et triste comme ça pour te fabriquer un ulcère...
— Merci du conseil, Alexis, j'y réfléchirai.
— Alors si un jour tu veux assister à une... Enfin, on répète après les cours et le week-end. On a un hangar pas très loin de la gare du RER. Je peux te donner l'adresse et mon téléphone si...
— Si quoi !

Alexis a hésité. Il a arrêté de se balancer sur ses trop longues jambes et a fait une grimace.
— Si...

— Oui, si quoi ? Magne-toi, ça vient de sonner, j'ai cours.

Sa grimace s'est changée en sourire et, avec malice, il a fait durer le silence. Il a sorti un morceau de papier de sa poche pour y noter, toujours sans se presser, ses coordonnées et une adresse, à un arrêt de tram de chez moi.

— Si tu chantes aussi super bien que t'es chiante... On aimerait vraiment que tu réfléchisses et que tu viennes nous voir et nous écouter. Notre groupe, c'est Moonsky.

— C'est nul comme nom ! j'ai craché comme on donne un dernier coup.

— Ben oui, mais tu comprends, on ne savait pas encore que tu existais et que tu allais nous apporter la petite touche de grâce, de rage et de sensibilité qui nous manquait tant, Marion !

Il a ramassé son sac abandonné à ses pieds et m'a plantée là pour aller rejoindre ses deux copains. Ils ont disparu dans le tohu-bohu de la meute qui s'engouffrait vers les escaliers et les étages des salles de classe, pour les dernières heures de cours de l'après-midi.

Tu arrives trop tard, Alexis.

À un autre moment de ma vie, il y a quinze jours encore, ce genre d'invitation m'aurait fait grimper sur un nuage pour m'y installer avec ma tente, mes médiators et mes guitares. Le conservatoire était une excellente chose, mais j'en connaissais les limites. En plus, Ménard allait prendre sa retraite, pas sûr que je trouve le même plaisir aux cours qui suivraient. Alors, oui, cent fois oui, jouer avec d'autres, disposer de musiciens, peut-être même leur apporter mes textes, faire partie d'un groupe, moi qui n'avais jamais intégré la moindre bande... Mais tu arrives trop tard avec ton invitation, Alexis. J'en suis à compter les jours et les heures, plus les mesures et les soupirs.

J'avais déprimé quand papa était parti. Gravement déprimé, mais pas de la même façon. Nous étions trois alors, et nous nous serrions les coudes pour contenir le tsunami de la trahison. À tour de rôle, quand l'un sombrait, les deux autres lui relevaient la tête et le cœur. Mais là, personne...

Tu ne pouvais plus mal tomber avec tes deux copains, Alexis. Tu as cru t'adresser à une musicienne ? Grosse erreur, on t'aura mal renseigné. C'est à une fille perdue que tu viens de donner tes coordonnées.

Dans une poubelle du préau, en rejoignant la salle d'espagnol, j'ai jeté le papier qu'il venait de me confier.

*

J'en étais sûre.

Enzo m'attendait à la sortie du collège. Lui qui traînait d'habitude autour des garages à vélos s'était dépêché de sortir. Je l'ai vu traverser le boulevard et rejoindre les autres. À peine planqués derrière un ancien kiosque à journaux, Valentin, Mounir et Bastien l'attendaient et ont commencé à surveiller ma sortie.

Paniquée, j'ai rebroussé chemin et suis allée me cacher à l'arrière du gymnase. Et j'ai attendu. Longtemps. De loin, à travers la grille, je les observais, chasseurs en embuscade, s'impatienter et me guetter. Les bus, à intervalles réguliers, stoppaient à l'arrêt et vidaient peu à peu l'effervescence joyeuse du boulevard. J'ai aussi vu Alexis et ses deux copains s'éloigner, peut-être en direction de leurs rêves musicaux. Moi, je n'avais qu'un rêve, finir la journée et la semaine vivante.

Bientôt, il n'est plus resté grand monde devant l'entrée. Sur le trottoir d'en face, à côté de l'arrêt de bus et du kiosque, un type juché sur son scooter observait lui aussi la grille du collège. Je me suis immédiatement brodé tout un film en imaginant qu'il faisait partie de l'expédition punitive d'Enzo. Qu'il était là pour me courser avec son engin si j'essayais de m'enfuir et de les semer. N'importe quoi. Ils n'avaient pas l'air de se connaître. Oui, mais cette attitude pouvait parfaitement être une ruse pour me faire baisser la garde...

La paranoïa est une cochonnerie tenace qui se nourrit de sa propre chair fraîche et qui ne se terrasse pas d'une simple parole rassurante.

Je devenais folle !

Ce garçon attendait sans doute son amoureuse retenue plus longtemps par un prof ou un devoir au CDI. Il fallait que je me calme, que je réfléchisse – non, surtout que je me calme.

Et puis tout a basculé. Le garçon est descendu de son scooter, l'a posé sur sa béquille, a retiré son casque et a contourné le kiosque pour aller bavarder avec le quatuor d'Enzo. J'ai tressailli. Un complice, c'était bien un complice ! Tous les garçons étaient des traîtres, des salauds !

J'ai appelé maman pour qu'elle vienne me chercher. Paniquée, je ne voyais pas d'autre solution. Suis tombée sur la boîte vocale à laquelle j'ai préféré ne pas laisser de message.

J'ai déguerpi, comme vendredi dernier, par les préfabriqués et le mur d'enceinte. Désespérée, j'ai longé la voie du RER et, lorsqu'un train est passé à vive allure, me hurlant de me ranger contre le grillage de sécurité, j'ai pensé très fort – et pour la première fois de ma vie – que tout serait réglé et tout serait plus simple si je me laissais happer par le souffle glacé du monstre qui remontait vers Paris. Je n'ai pas eu le courage ou la folie de le faire. J'ai songé à Barny et à maman. Une autre disparition brutale, ils n'en sortiraient pas vivants, ni l'un ni l'autre. Alors comme un rat traqué, en regardant sans cesse autour de moi, j'ai traversé le trou du grillage et je suis rentrée en rasant les murs et en vérifiant tous les reflets dans les vitrines des magasins, dans les glaces des sucettes publicitaires. Elles ne me renvoyaient pas les silhouettes de mes chasseurs à qui j'avais faussé compagnie, mais le reflet triste d'une fille au bandana ridicule, terrorisée et perdue au fond d'une impasse qu'elle avait elle-même tracée.

*

Le soir à la télé, le journal télévisé s'est ouvert sur le meurtre de deux garçons dans le sud du pays. Pour un regard de travers échangé à la sortie de leur lycée, un groupe d'une douzaine d'élèves du même âge s'étaient acharnés sur eux dans un parc. Le parc où ils jouaient sans doute tous ensemble quand ils avaient l'âge de Barnabé.

— Un regard de travers ? Ça veut dire qu'on peut être tué si on louche sur quelqu'un ? a demandé mon petit frère, la fourchette en arrêt à quelques centimètres de la bouche.

— Non, mon cœur, on a le droit de loucher.

— Alors ils sont fous dingues mabouls narvalos, les gens qui ont fait ça !

— Oui, mon chéri ! Ils sont fous ! a fait maman. Narvalo ? D'où tu sors ça ?

— De la caravane de mon copain Jason ! Ça veut dire chtarbé !

— La caravane, quelle caravane ?

— Il vit dans une caravane Mobilo !

— Un « mobile home », Barnabé. Ce n'est pas une marque... Chtarbés... Fous, c'est bien suffisant, comme mot, mon cœur, fous... Tu ne manges pas, Marion ?

— Si, si, m'man.

Douze chtarbés à en massacrer deux pour un mauvais regard... J'en avais cinq contre moi pour dix fois pire.

C'est à ce moment-là que j'ai décidé de ne plus retourner en cours.

Chapitre 12

Mardi.
Faire illusion !
Donner à croire que tout va bien. Se lever. Se laver. S'habiller. Choisir un nouveau bandana. Déjeuner – du moins faire semblant –, en douce interroger maman pour connaître ses horaires précis de la journée à l'agence immobilière. Regarder l'heure sur son portable ou sur l'horloge au-dessus de la hotte aspirante de la cuisine. Écouter distraitement les infos à la radio. Le président de la République s'était rendu au chevet des familles des deux lycéens assassinés, la guerre continuait en Afrique et la météo s'annonçait douce. Supporter sans broncher le flot ininterrompu de la logorrhée de Barnabé en vitesse de croisière dès le lever. Faire mine d'être à la bourre.

Parce que ma mère commençait plus tard dans la matinée, j'ai pris mon bus à l'heure habituelle ; j'ai côtoyé les mêmes têtes que tous les matins, mais je *ne suis pas descendue à l'arrêt du collège. Je me suis laissé emporter plus loin, beaucoup plus loin. Au terminus, je suis descendue sur une grande place inconnue, bordée d'un centre commercial et de barres d'immeubles blanches comme le ciel, et balayée par un vent tourbillonnant. Sur l'autre rive de cette esplanade je suis montée m'installer au fond, dans le bus du retour. J'ai dépassé le collège, le quartier de la maison où maman devait encore se trouver, et là encore je me suis laissé transporter jusqu'au terminus, à la jonction de la station RER. À cette heure, inutile de chercher le local d'Alexis, dont j'avais retenu l'adresse malgré moi. J'aurais pu monter dans le prochain train pour Paris, le vent avait viré les nuages et le soleil commençait à faire son œuvre, seulement je n'étais pas partie pour m'octroyer une journée de vacances, j'ai décidé de rentrer à pied vers chez moi et mes guitares. Trois bons quarts d'heure de marche.*

La voiture de maman était toujours garée devant la maison. Pas à la même place, elle avait dû accompagner Barny à l'école avant de revenir se préparer.

L'errance, la fuite, ça ne peut pas être cela la solution. Et si moi, ils me tuaient, est-ce qu'il viendra s'asseoir dans notre salon, le président ? Barnabé serait capable de lui demander de me faire revenir grâce à tous ses pouvoirs. Et l'autre de répondre, mi-gêné mi-

amusé, qu'il ne peut pas, et mon petit frère de lui répliquer qu'alors ça ne sert à rien d'être président.

Ça ne peut pas être cela ma solution.
S'il y a une solution...
Tu me dis que tu m'aimes,
Tu ne vois pas que je saigne,
J'ai trop passé de temps, de toujours à t'attendre.
La lune a changé rouge mais ne peut me défendre.
J'espérais un miracle, tu promets que tu passes,
Fin du jeu, fin de l'acte, je suis déjà si lasse.
Tu fais le beau, le fier, tu te prends pour un homme,
Mais tu n'es que la cage qui recherche sa lionne.

(à creuser, peut-être... Comme une tombe ?)

*

J'ai refermé mon cahier après avoir rédigé ces lignes dans mon nouveau journal. Je m'étais accordé un Coca à une terrasse, non loin de la maison.

Des grippes, des bronchites, une crise d'appendicite, les oreillons, quelques autres petits machins et bien sûr ma dernière hospitalisation m'avaient déjà fait louper l'école et plus tard le collège. Mais jamais je n'avais gratté les cours de moi-même. Moi qui m'étais pointée au collège avec une arme, fausse, mais une arme malgré tout, j'ai détesté ce nouveau mensonge.

En ce milieu de matinée, abritée par une camionnette de livraison de fûts de bières garée devant un café au bout de notre rue, j'observais la maison. J'attendais que maman la quitte pour pouvoir m'y réfugier. Cela aussi, j'ai détesté. Je ressemblais à Enzo et aux autres, hier en fin d'après-midi, planqués derrière le kiosque. Les Pénélopes et les Desdémones qui gâchent leur vie à attendre leurs Ulysses, leurs Othellos, ou que la voie soit libre, sont de pauvres gourdasses, et je n'étais rien d'autre. Maman n'avait pas supporté de l'être longtemps, et je comprenais parfaitement à présent pourquoi elle n'avait jamais traversé l'océan pour supplier mon père de revenir. À l'humiliation elle avait jugé bon de ne pas ajouter une couche de honte.

En réalité, je n'ai pas attendu plus d'une dizaine de minutes avant que je ne la voie, belle, si rayonnante, marcher sur le trottoir vers sa Clio.

Moins de deux cents mètres à effectuer de mon poste de guet jusqu'à chez moi. Pour ainsi dire, rien. J'en avais parcouru la moitié lorsque j'ai aperçu le scooter. Le même qu'hier soir, le même blouson et le même casque, le même conducteur ! Un garçon à la tête un peu carrée et aux cheveux bruns un peu trop longs dépassant du casque. Je me suis figée net et à nouveau planquée entre des voitures en stationnement. Il n'était pas dans le coin par hasard. Il s'est garé sur le trottoir devant notre portillon et a quitté son engin pour sonner. Sans doute avait-il vu maman sortir. Il venait en repérage et savait que la voie était libre. Ou alors Enzo avait prévenu un de ses soldats de mon absence du bahut et l'envoyait en éclaireur pour me faire payer. Enzo était une organisation terroriste à lui tout seul

Il a attendu, longtemps à mon goût. Pour qu'on lui ouvre, ou pour bien s'assurer que la maison était vide ? C'était quoi, l'étape suivante ? Il passait dans le jardin pour forcer la porte de la buanderie, il entrait pour monter saccager ma chambre ? Pour tout mettre à sac dans chaque pièce ? Pourquoi n'avait-il pas retiré ses gants ?

C'était peut-être de la parano totale, mais pas question d'approcher tant qu'il serait dans les parages. Je ne faisais pas le poids.

Il n'a pas poussé notre portillon jamais fermé à clé et n'est pas entré dans le jardin. Il s'est contenté de glisser un message ou une lettre dans la boîte aux lettres, de menace ou d'insulte certainement. Il a attendu encore. La peur comprimait mon ventre jusqu'à ma vessie, je ne savais pas quoi faire s'il était déterminé à camper jusqu'à mon retour. Cette idée me terrorisait chaque instant un peu plus.

Et puis il a fini par remonter sur son engin et a disparu au bout de la rue. J'ai attendu, toujours entre les bagnoles, faisant mine de chercher quelque chose dans mon sac quand passait quelqu'un. Je devais m'assurer qu'il n'avait pas changé d'avis et ne revenait pas.

J'ai parcouru ces cent mètres sur le trottoir aussi vite que j'ai pu. Et pas seulement parce que mon envie de pisser devenait dévastatrice.

Cric-crac, dans la baraque !

Ne plus jamais la quitter. Ne plus jamais bouger. Ne plus jamais faire de bruit...

Je suis montée dans ma chambre comme si mon lit avait pu représenter le havre de sécurité le plus sûr, mes murs décorés de posters, une barrière infranchissable contre mon malheur. Mais très vite, j'ai compris que je n'avais rien à faire là. Si j'allumais mon ordinateur, il se moquerait de moi en m'annonçant qu'une centaine de voyeurs supplémentaires avaient visionné « Marion est une fille super... facile » depuis la veille au soir. Impossible de me saisir d'une de mes chères guitares puisque je devais faire croire que cette maison était vide.

Une bête, scalpée, mais une bête, folle, qui tournait en rond dans cette chambre et n'osait même pas descendre. Je me sentais complètement anéantie. J'ai sursauté comme si une déflagration avait explosé dans cette prison lorsque mon portable a sonné. Le texto venait de maman. J'ai lu.

« Ce soir, il est possible que Didier dîne avec nous à la maison. Je n'ai pas eu le temps de t'en parler ce matin. Ta maman qui t'aime. »

La dingue que j'étais devenue a lu les mots, mais a compris : « Ta maman quitte M. » Et M, c'était moi, Marion. La fille la plus seule au monde.

Cette confusion m'a totalement désarçonnée. Je me suis effondrée en sanglotant dans le couloir.

J'ignore combien de temps je suis restée là, assise contre le chambranle de la porte de ma chambre, brisée et malheureuse. Une bête traquée dans son terrier.

Mon portable a une nouvelle fois vibré. Si je n'ai pas sursauté cette fois-ci, c'était d'être trop épuisée. Le message venait d'un numéro inconnu. J'ai hésité à l'ouvrir. Je crois qu'à cet instant précis j'avais peur de tout. Un craquement du bois de l'escalier, un coup de klaxon dans la rue. J'avais l'impression que le danger était partout et pourquoi pas dans ce message.

« On ne t'a pas vue ce matin à ma manif dans la cour. J'espère que ça va. Tu passes nous écouter ce soir ? Alexis. »

Je suppose que c'est Solène, sa sœur, qui lui avait donné mon numéro.

Quelle manif ?

Pour protester contre les filles qui obligent les garçons à se mettre à poil devant les gymnases ? Pour faire annuler le conseil de discipline des trois copains d'Enzo ?

Je ne maîtrisais plus rien de tout ce qui se passait autour de moi.

Quelle manif, Alexis ?

J'ai d'abord pensé lui envoyer un message pour qu'il m'explique, j'ai préféré appeler. Son numéro serait automatiquement dans mon appareil, et puis j'avais besoin d'une main libre. Je venais de m'apercevoir que j'avais oublié d'ouvrir la boîte aux lettres en rentrant tout à l'heure. Autant savoir ce qu'y avait glissé le larbin de d'Enzo.

J'étais en train d'appeler Alexis lorsque je suis sortie sur le perron. J'ai traversé le bout de jardin qui me séparait de la rue, le portable dans une main, la clé de boîte dans l'autre. Je n'ai eu que le temps d'enfoncer cette dernière dans la serrure. Devant moi se tenait Mounir, un sourire cruel et satisfait au coin des lèvres.

— Qu'est-ce que tu fais là ? ai-je crié.

D'instinct, j'ai immédiatement tenté de reculer pour revenir vers le jardin. Un pas. Je me suis cognée à Valentin et Bastien qui s'étaient plantés derrière moi et m'empêchaient de fuir.

— On est venus pour une petite visite, Marion, a ricané le premier alors que Bastien venait de me saisir le bras.

— Fichez-moi la paix ! Et toi tu me lâches !

Toute la peur, toute la parano, la tension et les idées noires accumulées et qui ne me quittaient plus depuis des jours, tout est remonté dans mon cri et s'est transformé à nouveau en rage. Une rage terrible qui m'a permis de me dégager des griffes de Bastien, de gifler de ma main armée du portable le visage de Valentin. Pas d'empêcher Mounir de me saisir par la taille. En riant, il en profitait un maximum pour coller son bas-ventre contre mes fesses, pour s'amuser de mes seins aussi.

— Lâche-moi, crevure ! ai-je hurlé, en vain.

Une voiture est passée à notre hauteur. Elle a ralenti, s'est arrêtée, a klaxonné. J'ai espéré que le conducteur descende.

— Tu veux quoi, toi ? Casse-toi ! lui a aussitôt ordonné Valentin.

À deux contre trois, on pouvait tenter quelque chose. Mais Valentin s'avançait vers la voiture, aussi décidé que menaçant.

— Je t'ai dit de t'occuper de ton cul ! T'es sourd ?

L'autre a démarré en trombe avant que le pied de Valentin n'atteigne sa portière. Je valais moins qu'un bout de tôle ou qu'un rétroviseur.

Mounir me serrait et en profitait toujours. Bastien a réussi à immobiliser mon bras. De mon autre main hérissée de la clé de la boîte aux lettres, je lui ai balancé, avec mes dernières forces, la gifle la plus violente que j'ai pu. L'extrémité de la clé lui a ouvert la joue.

— Salope ! T'es pas seulement folle, tu n'es qu'une sale garce, Marion ! a-t-il hurlé lorsqu'il a retiré sa main pleine de sang. Tu vas pleurer ta mère !

Cette fois-ci, il s'est saisi de mon bras plus violemment et m'a traînée dans notre jardin, à l'abri des maisons voisines et de la rue. Valentin s'est chargé de pousser du pied le portillon derrière lui. J'ai voulu hurler encore, la main de Mounir s'est immédiatement plaquée en bâillon sur ma bouche. L'air me manquait, je n'avais plus de jus pour alimenter la moindre résistance. Ma rage était toujours là, mais la terreur avait pris le dessus.

La paire de gifles est venue de Valentin. Un aller-retour sec qui m'a fait lâcher mon portable dans l'allée.

— Paraît que tu dois chanter et jouer samedi au conservatoire, Marion...

J'ai frémi.

Valentin avait prononcé ces quelques mots calmement, très calmement. En l'absence d'Enzo, il était évident que c'était lui qui prenait le dessus sur les deux autres. Mounir me ceinturait toujours. Bastien s'épongeait avec sa manche.

— De la guitare, c'est bien ça ?

Je me sentais partir.
— Tu vas choisir, Marion...
Il a dit cela avec le même calme glacial, en laissant sa phrase en suspens.
— On te pète la main gauche ou la main droite ? Tu as le choix...
L'idée a eu l'air de beaucoup amuser Mounir qui me maintenait de plus en plus fort par-derrière. Cette ordure avait une érection et tenait à me le faire sentir.
— Alors tu votes quoi ?
— Non, pas ça... S'il vous plaît, non...
Sans se préoccuper de ma supplique, Valentin venait d'attraper une bûche de bois sur le tas entreposé contre la haie de thuyas.
— Tu votes pour la gauche ou la droite ?
Mounir me poussait vers le tas de bois, s'évertuant à ce que j'y pose ma main.
— Les deux, pète-lui les deux à cette garce ! encourageait Bastien resté en retrait, toujours à garrotter sa joue.
Son portable a sonné et il l'a dégainé sans s'éloigner de la scène pour ne rien rater.
J'avais si peur, je me sentais si lasse, trempée de sueur et de terreur, je n'ai pas été capable de lancer le moindre cri, le plus petit appel au secours. L'horreur n'avait pas de fin.
— C'est Enzo ! a fait Bastien.

— Dis-lui qu'on la tient et qu'il va l'entendre gueuler ! a répondu Valentin. Alors, la gauche ou la droite ?

— Non, attends, y'a un blème...

Nous entendions Enzo hurler dans le téléphone, mais pas ce qu'il disait.

— C'est quoi le blème ? a demandé Valentin, aussi énervé qu'impatient.

Je n'avais d'yeux que pour ce rondin de bois qui dansait menaçant dans sa main.

— Je ne sais pas, je ne comprends que dalle à ce qu'il raconte. Il dit qu'il faut la lâcher, la laisser tranquille.

— C'est nouveau ça ! Et pourquoi ?

Bastien, pour éviter de jouer les petits télégraphistes, a mis son portable sur haut-parleur.

Ce n'est pas Enzo que nous avons entendu.

— Tu t'appelles Valentin ? a fait la voix inconnue.

— Qu'est-ce que ça peut te faire ! T'es qui, toi ?

— Donc t'es Valentin... Et avec toi, y a tes deux potes ! Mounir et Bastien...

— Et alors ? T'es un keuf ?

— Non, j'suis pas un keuf, mais je suis un mec qui, avec ses deux copains, s'apprête à casser les jambes et les bras de ton pote Enzo si tu touches un cheveu de cette fille. Et après ton cher ami, on s'occupera de vous trois, l'un après l'autre ou ensemble, ça sera la surprise.

— Des cheveux ? Elle en a plus, connard !

— Valentin... Arrête de discuter... Ils ne plaisantent pas... a hurlé Enzo en gémissant de douleur.

— Alors, Enzo, on commence par la droite ou la gauche ?

J'ai enfin reconnu cette autre voix dans l'appareil, c'était celle d'Alexis. Il n'avait pas dit cela au hasard. Il savait. Il savait exactement ce qui était en train de se passer pour moi à deux kilomètres à peine du collège.

Mon portable... Il avait tout entendu sur mon portable resté allumé. Il avait dû coincer Enzo au collège avec ses copains.

Valentin a hésité, il a regardé Mounir puis Bastien qui tenait toujours son téléphone entre nous quatre.

— Désolé, Enzo, mais nous on a un compte à régler avec cette folle, a fait Valentin en appuyant sur une touche de l'appareil pour couper la communication.

Il s'est tourné vers moi et, en se forçant à grimacer, a déclaré :

— Là, je crois que ça va être les deux mains, t'as plus le choix. Mounir, pose sa mimine sur le tas de bois !

Je me suis débattue comme j'ai pu, mais Mounir et Bastien étaient plus forts. Ils ont bloqué mon bras sur le stère de chêne, tout en obstruant ma bouche.

— Eh, tu fais gaffe à nos mains ! a précisé Bastien en regardant son copain.

Valentin a levé son gourdin, doucement, comme pour savourer. Un courant électrique de terreur m'a vrillé le dos, il est remonté jusqu'au sommet de mon crâne. J'ai frémi et j'ai ouvert grands les yeux. J'ai serré les dents. Et puis j'ai vu le motard, leur complice ! Il venait d'entrer dans le jardin et s'était posté derrière Valentin.

Il pouvait donc y avoir du rab à mon horreur ? Je n'en pouvais plus, vraiment plus.

Il y avait aussi du rab à mon incompréhension...

Le motard s'est saisi du rondin de bois alors qu'il était levé au-dessus de sa tête, et brusquement a balancé un coup d'une violence inouïe sur l'épaule de Valentin. Quelque chose a craqué dans ces parages.

L'autre s'est écroulé par terre en gémissant de douleur. Il tenait son épaule qui formait un angle improbable.

— Vous la lâchez, vous ramassez votre déchet de pote et vous vous tirez ! a-t-il ordonné à Mounir et Bastien qui avaient déjà desserré leur étreinte. Trois mecs contre une fille, c'est super couillu comme plan... Je vais vous faire une belle réputation, les gars. Promis. Allez, cassez-vous ! À moins que vous préfériez que je continue ? Ou alors mieux, je vous oblige à vous déshabiller et à rentrer chez vous à poil. J'aime bien cette idée, et puis il paraît que ça vous rappellera des souvenirs...

Ils n'ont pas hésité longtemps. Ils se sont affairés sur Valentin qui avait du mal à se redresser et sont sortis sans se retourner, sans une menace, sans une insulte.

*

— Esteban ?
— Oui, c'est ça, tu l'as déjà répété trois fois ! C'est argentin !
— Esteban ?
— J'ai appelé deux fois chez toi, avant mon voyage en Espagne, et vendredi dernier aussi. J'ai eu ton petit frère, Barnabé, un sacré numéro celui-là, il ne t'a pas fait la commission ?
— Argentin ?
— Et puis je t'ai laissé un message dans ta boîte aux lettres, tout à l'heure, tu ne l'as pas lu ?
— Esteban ?
— Marion, oui, c'est bien, tu sais dire mon prénom, mais tu peux essayer de dire d'autres mots maintenant, des plus difficiles, avec des verbes, des phrases, quoi.

Il était assis dans la cuisine, sur l'autre rive de la table en Formica. Entre nous étaient posés son casque et... mon journal intime qu'il m'avait rapporté. Je n'avais pas dit un mot quand il avait retiré l'un et m'avait tendu l'autre. Je m'étais laissé guider jusque dans la cuisine où il s'était assis après m'avoir d'autorité offert un verre de jus de fruit glané dans le frigo.

C'était un garçon un peu plus âgé que moi, aussi brun, du moins du temps où j'avais autre chose qu'une steppe amère sur la tête, aux sourcils fournis et au regard sombre et profond. Il conservait, à l'encoignure des lèvres, à droite, une espèce d'hésitation. Une sorte de petit défaut qui pouvait aussi bien faire basculer tout son visage vers l'éclat de rire ou dans une profonde tristesse.

— Este...

— C'est un bonheur de parler avec toi. J'avoue que j'imaginais que tu avais un peu plus de vocabulaire. Quand on lit tes pages et tes poèmes, on peut espérer mieux.

— Quand on lit mes pages...

— C'est bien, tu progresses. Je t'ai attendue hier soir, je voulais te rendre ton journal. J'ai bien vu que je n'étais pas le seul. Les quatre salopards qui t'attendaient de pied ferme, tout le monde les connaît au bahut, et puis on en avait admiré trois en train de galoper nus pour nous accueillir à notre retour d'Andalousie. Bref, c'est fou comme ton prénom revenait dans leur conversation. Je n'ai eu aucun mal à les faire parler. Dire qu'ils avaient la haine, c'est un euphémisme.

— Esteban... Tu es espagnol ?
— Mais non, j'étais en voyage avec les autres troisièmes. Ce matin, je comptais te restituer ton journal, pendant la manif, mais tu n'es pas venue, alors je me suis pointé chez toi. J'ai sonné, j'ai attendu, personne. Quand je suis reparti, j'ai croisé trois de tes lascars qui se pointaient dans le coin et qui visiblement cherchaient ta maison. Ça m'a travaillé et c'est pour cela que je suis revenu.
— Une manif... ?
— Ça s'est décidé ce matin, dans tous les établissements du pays. Une marche silencieuse après la mort de ces deux garçons, hier. Tu n'en as pas entendu parler à la télé ? Il n'y a pas eu grand monde à faire cours ce matin dans les collèges et les lycées de France. Chez nous, il n'y en a pas eu, en tout cas.
— Pas cours...
— Trois ou quatre mots... Pas mal. Mais t'arrives à en aligner davantage, ou c'est de l'ordre de l'exploit olympique pour toi ?

Je peux bien avouer que j'étais tellement perdue et épuisée que je ne comprenais pas tout ce que ce garçon inconnu me racontait. J'avais l'impression qu'il jetait là, sur cette table, les pièces d'un puzzle en vrac. Il ne fallait pas trop compter sur moi pour le reconstituer. Je sentais que je devais lui dire quelque chose, mais je n'y arrivais pas. Les mots restaient bloqués dans ma gorge en feu. Les mains de Mounir, son sexe contre mes fesses, l'entaille sur la joue de Bastien, le rondin de bois dans la main de Valentin. Tout pesait encore des tonnes et des tonnes.

— Où l'as-tu trouvé ? ai-je réussi à demander après avoir vidé mon verre, en désignant mon précieux carnet noir.

— Là où tu l'as perdu ou oublié. Sur un banc, près du réfectoire.

— Et tu ne me l'as pas rendu tout de suite ?

Je crois, je ne suis sûre de rien, mais je crois que, pour la première fois depuis qu'il m'avait fait asseoir dans la cuisine, j'ai senti qu'Esteban était gêné par ma question. Il a terminé la brique de jus de fruit avant de répondre.

— Je sais, j'aurais dû, mais je n'ai pas pu, et puis je l'ai emmené avec moi, en Espagne... J'avais commencé à le lire...

— En Espagne... Je déteste l'Espagne...

— Moi j'adore ! Mais tu ne détestes pas l'Espagne, Marion. Tu confonds. C'est plutôt la langue que parle ton père, là où il s'est tiré comme un voleur, que tu détestes !

— Tu sais ça, toi ?
— J'ai tout lu en détail, Marion. Tout. Tu n'imagines pas ce que c'est pour un garçon comme moi d'avoir l'opportunité de devenir une petite souris et de pouvoir entrer dans la chambre d'une fille... Dans sa chambre, dans sa salle de bains, dans... et de tout voir, de tout entendre de tout ce qu'elle pense, ressent, se confie à elle-même. C'est phénoménal. Il y a des livres qui racontent ça très bien ! Mais là, c'était pas de la fiction ! Vertigineux...
— Tout lu...
— Et tes chansons, et tes poèmes aussi ! Tes dessins, tes listes... même les mots que tu avais rayés, j'ai essayé de les déchiffrer. J'étais tellement... tellement...

Il n'a pas eu à choisir son adjectif. À cet instant la porte s'est ouverte derrière moi. Maman et Barnabé rentraient pour déjeuner à l'improviste.

— T'es qui, toi ? a demandé mon frère avec son aplomb et sa délicatesse incomparables.

— Barnabé, on dit bonjour, d'abord, a tenté de l'excuser ma mère.

— Bonjourtékitoi ? a réitéré Barny.

— Je suis le garçon que tu as eu au téléphone et qui t'avait demandé de dire à ta sœur que j'avais retrouvé son journal avec ses magnifiques chansons... a répliqué Esteban.

— Oh, ça va, on peut oublier des trucs ! Et puis, on s'était fâchés avec Marion, mais pas longtemps, mais un peu quand même. Et puis dis, tu penses toujours à tout, toi ? T'as un super disque dur alors ! C'est toi qui as fait pleurer ma sœur ?
— Non, ce n'est pas lui, Barny ! Non, ce n'est pas lui...
— Et il a un prénom, le disque dur ?
— Barnabé ! s'est offusquée maman.
— Je m'appelle Esteban.
— Ça existe ça, comme prénom, ou tu viens de l'inventer ?
— C'est un prénom qui vient d... (Il a hésité, réfléchi une fraction de seconde et s'est contenté de dire :) De loin.

Maman faisait mine de s'intéresser au contenu du frigo, mais je voyais parfaitement qu'elle n'arrêtait pas de m'observer en coin. Le reste de gratin qu'elle comptait réchauffer avait moins, beaucoup moins d'importance que les yeux encore écarlates de sa fille. Le thermostat du four, les assiettes, les couverts ne pesaient pas bien lourd à côté de la présence d'un garçon seul, en compagnie de sa Marion.

— Vous êtes allés à la manifestation ? a-t-elle demandé, l'air détaché.
— Oui, madame, on en revient, m'a devancée Esteban.

— Alors pourquoi tu lui as pas rendu son journal pendant que vous manifestiez ? Vous aviez tout le temps.
— Barnabé ! Arrête ! Vous mangez ici avec nous ?
Il n'a pas eu à répondre, on sonnait à la porte. Barnabé a été, évidemment, le plus rapide pour aller ouvrir. Il est revenu un instant plus tard et a lancé avec toute la malice dont il est capable et qu'il fabrique comme il respire :
— C'est pour toi, Marion ! Un autre garçon !
Est-ce qu'Esteban s'est levé avec moi de crainte de voir Enzo ou un membre du trio revenir ? Est-ce qu'il a attrapé son casque pour fuir les coups d'œil inquisiteurs de mon frère ? Est-ce qu'il voulait seulement savoir qui était cet « autre garçon » ? Est-ce que tout cela en même temps ? Je ne sais pas et je ne le saurai jamais.

En tout cas, il connaissait Alexis.
— Je voulais savoir comment ça allait pour toi. Je n'ai pas pu venir plus vite. J'avais ton portable, mais pas ton adresse. Je suis vraiment désolé.
— Et lui, c'est qui, lui ? a grimacé Barnabé qui s'était faufilé entre nous sur le perron.
— Un saxophoniste avec qui je vais bientôt jouer et chanter. Oui, ça va, grâce à Esteban et toi.
— Et toi, tu joues de quoi ? a-t-il demandé en se tournant vers Esteban.

— Du fleuret.
— C'est quoi comme instrument ? Je connais pas.
— Du sabre aussi...
— Non ??? Comme Luke Skywalker ou comme dans *Final Fantasy* ???

Pendant que le cerbère Barny montait la garde en compagnie des deux garçons qui le dépassaient de deux têtes, pendant sans doute qu'il était en train de leur attribuer leurs notes respectives sur 10, je suis montée à toute vitesse chercher mon sac dans ma chambre.

On m'attendait. Deux garçons m'attendaient !

Je n'ai pas oublié de récupérer mon journal abandonné sur la table de la cuisine que ma mère avait eu la délicatesse de ne pas ouvrir.

— Tu ne manges pas là ?
— Non, je vais retourner au bahut avec mes... amis.
— Tu vas bien ?
— Je crois, maman, oui, je crois.

Avec la douceur dont seules les mamans ourses ont le secret, elle a replacé le bandana qui me couvrait le crâne et, avant de m'embrasser, a demandé :

— Tu m'expliqueras ?
— Oui, maman, je crois que oui, je te raconterai. Tu m'excuses, ils m'attendent. Tu te rends compte, maman, ils m'attendent ?

Avec la délicatesse dont je pouvais être capable, j'ai caressé la mèche blanche de cheveux morts dans ses cheveux auburn et dont nous connaissions le secret.

Elle a dit :

— Oui, je me rends compte, certainement pas de tout, mais je me rends compte, ma chérie.

Chapitre 13

Il y a un trou dans le mur du fond. Il a été percé là exprès, et Ludovic a l'œil collé dessus depuis au moins dix minutes.

— Punaise, ça se remplit à mort ! fait-il sans se redresser, en chuchotant, comme si sa réflexion pouvait être audible dans le brouhaha de la salle.

— Ce sera plein, tout est réservé, déclare Samy sans interrompre les roulements qu'il balance sur ses cuisses transformées en caisse claire tout en jouant, avec ses pieds, des pédales d'une charleston et d'une grosse caisse imaginaires.

— Y'a tes parents, Samy. Dis donc, ta mère s'est habillée comme si elle mariait son fils ! Remarque, la mienne, c'est pareil... Oh, les gars, y'a même Calupe avec sa femme. Enfin, je ne sais pas si c'est sa femme ou sa maîtresse, mais elle est super mieux gaulée que lui. C'est pas possible, y'a presque tout le bahut ?

— C'est qu'on a fait une bonne pub ! je dis, toute joyeuse.

— Non, c'est qu'on est bons ! rectifie Samy.

— Merde, c'est pas vrai, Marion... pas lui ! C'est pas vrai... il est venu !

— Qu'est-ce qu'il y a ? je demande, étonnée et brusquement inquiète en reposant ma guitare accordée sur son chevalet.

Samy vient de quitter son siège pour prendre la place derrière le judas que squattait Ludo.

— Où ça, je ne vois pas ?

— À droite, regarde, au premier rang, sur ta droite...

— T'as raison, il est là. C'est sûr, on est morts. C'est pas la peine de jouer. Morts... Marion, comment t'as pu nous faire ça ?

Là, je panique vraiment. Le trac me clouait sur ma chaise depuis tout à l'heure, je tentais de l'endiguer en délassant mes doigts, seulement, en entendant les garçons et en lisant tous les reproches du monde dans leur regard, je me sens totalement défaillir.

— Mais, je... je ne comprends pas.

Je me lève et traverse le couloir qui sert de loge pour atteindre moi aussi le trou dans le mur du fond de la scène. Alexis m'a devancée. Il était occupé à vérifier ses hanches et, son saxo en bandoulière, à son tour, il se positionne contre le mur et ajuste son œil droit sur le trou espion.

— Je ne vois pas...

— À droite, premier rang, légèrement à droite... le guide Samy.

— ... Ça y est, je le vois ! Merde ! C'est la cata !

Alexis se redresse et se poste devant le trou vers lequel, de plus en plus paniquée, je me dirigeais. Il m'en interdit l'accès, le regard mauvais. Il me fait peur. Les autres aussi.

— On annule ! On annule tout ! S'il est là, ça va être Fukushima et Tchernobyl réunis... Merci Marion, vraiment, merci ! crache-t-il d'un ton sans appel.

Avec son saxo, on le dirait chargé d'une drôle d'oie dorée ou d'un étrange canard au plumage luisant. Mais face à ce regard si dur, ce n'est pas le moment de faire ce genre de remarque.

— Ouais, t'as raison, vaut mieux tout laisser tomber ! fait Samy.

— Mais qui est là ? je supplie. Laisse-moi regarder !

— Je vote pour, aussi, intervient Ludo. Tant pis, c'était pourtant une belle scène, mais je suis d'accord. On va se prendre un bide total. La fin de Tangram ! C'est lamentable !

— Qui est là ?! Qui ?

J'ai crié malgré moi.

Du bout du couloir arrive Mathias, notre pianiste. Il sort des toilettes et se fige en constatant l'ambiance si tendue entre nous tous.

— Qu'est-ce qui se passe ? demande-t-il inquiet.

— Il est là, répond simplement Alexis, sans cesser de me regarder.

— Qui ça ?

— Tu sais bien qui... Regarde, là, sur la droite, premier rang. C'est un coup de Marion.

— Un coup de quoi ? Mais bon sang, explique-moi !

Je suis au bord des larmes, je tremble. Les exercices pour me détendre tout à l'heure, pour chauffer ma voix, toutes mes petites tactiques un peu obsessionnelles pour me préparer sont en train de s'évanouir dans cette tension insupportable.

Alexis s'est légèrement déplacé sur le côté pour laisser l'accès du judas à Mathias. À son tour, il balaie la salle de l'œil et se redresse lentement, le visage totalement défait.

— Comment t'as pu nous faire ça ? me demande-t-il.

— Mais fait quoi ? Qui est là ?

— Comme si tu ne savais pas...

— Alexis, je n'ai rien fait, je...

Je suis au bord de la crise de nerfs, voilà, je commence à pleurnicher, mon maquillage doit être en ruine.

— Expliquez-moi !
— Tu le savais pourtant, Marion... Un concert de Tangram dans une salle à Montparnasse, t'as oublié comment on a ramé pour obtenir cette date ? Je crois qu'on va devoir annuler, mais c'est toi qui vas monter sur scène pour le leur annoncer, moi je suis trop dégoûté. Je ne peux pas.
— Moi non plus !
— Ouais, je suis d'accord avec Mathias, c'est à toi de t'y coller, Marion.
Je me sens défaillir. Je n'ai plus que quatre ennemis en face de moi et qui font barrage pour protéger le trou dans le mur.

C'est un mélange de désespoir, d'incompréhension, de panique et de rage qui me submerge. Il faut que je comprenne, que je sache. J'ai beau me passer en revue toutes les idées les plus farfelues, les plus logiques, je ne vois pas. Je ne vois vraiment pas qui peut les mettre dans cet état. Enzo a disparu du collège depuis trois mois, en juin, à la fin de l'année scolaire, et même, même si lui ou son ancien trio de bouffons pointaient leur nez à cette soirée, cela ne justifierait jamais une crainte pareille. Ils ne sont plus que des petits caïds de pacotille pour nous.

Je m'avance et ôte d'autorité Alexis et son canard de mon passage. Il ne résiste plus et je colle enfin mon œil humide à ce judas.

La salle termine de se remplir. Deux cents places. Peut-être un peu plus.

Je reconnais mes camarades du bahut venus en bande, ceux de mon ancienne classe de quatrième, beaucoup de nos classes de troisième ou du lycée, des amis des musiciens, des inconnus qui parfois viennent assister à nos répétitions, des fidèles qui ne loupent aucune de nos prestations. Je ne m'arrête pas longtemps sur Calupe, notre principal, et sur sa femme, assis deux rangs derrière Grégoire Ménard qui, lui aussi, a répondu à mon invitation – c'est la première fois que je le revois depuis notre mémorable concert de fin d'année au conservatoire. Des élèves du conservatoire, dispersés ici ou là, pas le temps de tous les repérer. Je fixe le premier rang, que je détaille avec inquiétude. Maman est là, assise entre Didier Cayrol et Barnabé qui sautille debout devant son siège pour se grandir et surveiller, vigile attentif, l'entrée de chaque nouvel arrivant. Visiblement très excité, il commente à haute voix et demeure sourd aux injonctions de notre mère qui cherche à le faire s'asseoir et se calmer. À côté de lui, des inconnus. Sur toute la rangée, des spectateurs inconnus. Je recommence à rebalayer ce premier rang qui a terrorisé les musiciens de notre groupe. Je ne vois rien, personne, qui puisse justifier une telle panique.

— Je ne vois pas de qui vous parlez... je fais en me redressant et me retournant vers Samy, Ludovic, Mathias et Alexis.

Ils me regardent, alignés tous les quatre. J'ai même l'impression que le canard d'Alexis participe à mon procès. Mais quelque chose a changé dans leurs yeux. Un petit détail difficilement perceptible mais pourtant réel. Peut-être un éclat différent dans le regard.

— Qui ? je demande au bord de la crise de nerfs.

C'est Mathias qui ne tient plus et éclate de rire le premier. Immédiatement imité par Ludo et Samy.

— Tu n'as pas aperçu ton frère, Marion ? On ne voit que lui ! rigole Alexis.

— Si... je l'ai vu, mais... Non, c'est lui ? Vous m'avez fait marcher ? C'est ça, c'était une blague ?

— Une blague ? Ton Barnabé est l'être le plus terrible que la terre ait porté, Marion ! s'esclaffe Ludovic entre deux hoquets. Tu te rends compte qu'il m'a descendu à 5 sur 10 la dernière fois qu'on a déjeuné chez toi. Sous prétexte que j'ai mangé la dernière part de tarte aux quetsches de ta mère.

— T'as du bol. Moi, j'ai toujours pas réussi à obtenir la moyenne avec lui ! intervient Samy, aussi hilare que notre bassiste.

— Petits joueurs, amateurs... J'ai réussi à obtenir un 8, mais une fois seulement ! éclate de rire Alexis à son tour.

— Vous vous êtes fichus de moi ? je répète en essayant de retrouver mon calme. Vous êtes vraiment nuls !

Ils ne m'écoutent plus, ils sont pliés et se congratulent pour le succès de leur farce lamentable, sans doute mitonnée depuis un bon moment.

— C'était pas drôle du tout !

— Oh si, quand même un peu...

Il a raison, mais pour rien au monde je ne lui ferais le plaisir de le reconnaître.

— On envoie dans cinq minutes !

La voix de Gilles, le technicien de la salle, vient de grésiller dans le petit haut-parleur de la loge couloir.

— Je vais me remaquiller, je déclare, du ton le plus méprisant dont je sois capable.

Je m'éloigne vers le coin toilette, encombré de nos sacs, étuis et bazars divers. Une tablette avec miroir fait office de table de maquillage et je m'affaire à rectifier les coulures de rimmel que mes larmes ont dessinées çà et là. Pas grand-chose en réalité. Je ressouligne mes lèvres d'un rouge écarlate que maman m'a offert. Je suis vexée de m'être laissé piéger si facilement, mais je sens que ce piège dans lequel ils m'ont fait tomber vient de chasser – c'est tout à fait magique – le trac, le terrible trac qui me prend chaque fois que je m'apprête à monter sur scène.

Et puis c'est vrai que, quand ils passent à la maison, Barny ne les lâche jamais d'une semelle. Il doit voir en eux quatre grands frères différents, quatre références qu'il apprécie mais jauge de la même manière qu'il évaluait et notait les hommes de maman. Mais comme maman n'a plus que Didier à lui présenter, il s'est rabattu sur les membres de « Moonsky », rebaptisé « Tangram » depuis mon intégration. C'est d'ailleurs lui qui nous a soufflé ce nouveau nom, celui d'un puzzle de sept pièces avec lesquels on peut fabriquer n'importe quelle figure.

— On est cinq, pas sept ! avait protesté Mathias.

— Marion, elle en vaut au moins trois ! avait répliqué Barny avec l'aplomb qui le caractérise.

L'argument avait fait mouche et m'avait fait rougir.

Je suis prête, émue, mais sans trac à présent.

Je sais ce que j'ai à faire, ce que j'ai toujours aimé faire, dans ma chambre, au conservatoire et à présent, ailleurs. Je me lève et j'attrape ma guitare pour rejoindre les garçons, souriants et concentrés. Je dépose la plus appuyée des bises pour chacun d'eux. Ils entreront sur scène avec la trace carmin de mes lèvres, c'est devenu un rituel entre nous. Ils aiment cette petite touche de tendresse sensuelle, qui sur le front, qui sur la joue – elle est devenue notre marque de fabrique.

— Allez, on y va. Aussi bien qu'à la répèt de cet après-midi, fait Alexis.

— Mieux, encore mieux ! déclare Samy.

— On est bien obligés, y'a Barny dans la salle, plaisante encore Ludovic.

— C'est parti, s'élance Mathias qui doit entrer le premier.

C'est moi qui fermerai la marche, mais en décalage, une fois que les premières mesures de *Jean-Pierre,* de Miles Davis, auront commencé à envelopper la salle. Un morceau sublime, composé à partir de *Dodo l'enfant do, l'enfant dormira bientôt,* et sur lequel j'ai écrit les paroles d'une chanson d'amour qui répondent au saxo d'Alexis et à la basse de Ludovic.

Une chanson d'amour que j'ai intitulée *Plus jamais seule...*

— À tout de suite, les garçons !

Ils disparaissent l'un après l'autre sans répondre. Les applaudissements du public les accueillent.

Je crois, non, je suis sûre, qu'ils sont tous les quatre amoureux de moi. J'adore cette émotion suave, grisante et généreuse entre nous.

J'attends encore la fin du mini-solo de Mathias. Je suis dans la coulisse, je les regarde, si heureux, si beaux de jouer ensemble.

Pas fous dingues, mais amoureux.

J'entre et vais m'asseoir sur le tabouret au centre de la scène, sous de nouveaux applaudissements qui me sont autant destinés qu'à cette première minute d'intro de mes compagnons. J'entre dans la danse en m'intégrant, aussitôt installée, au morceau, à la quinte.

Ils confondent. Ils aiment mes textes et ma voix. Ils aiment ma manière de phraser et de scater certains de nos morceaux, ils aiment la place de petite sœur qu'ils m'ont accordée à l'instant où j'ai poussé la porte de leur local de répétition. Ils aiment la fierté de m'avoir sauvée des griffes de crapules qui n'ont plus cherché le moindre pou dans une tête couverte de cheveux. Courts, mais de cheveux tout de même à présent. Ils m'aiment comme ça, et j'adore.

C'est à moi, je m'approche du micro.

C'est parti.

Je chante en fixant le public, concentrée et légère. Ça sort tout seul, ça coule comme la chose la plus logique au monde, et ça enveloppe cette salle déjà acquise d'une caresse qui fait ronronner le public, je le sens.

...

Plus que je ne les vois, je les devine. Je veux croire qu'ils sont tous là. Tous ceux qui comptent pour moi dorénavant et font ce que je suis et suis devenue. Je traversais un désert de solitude, de rage et d'amertume, je veux croire qu'il ne manque personne.

Tous, même ceux que je ne connais pas. Ils sont mon monde.

...

Et puis, il y a cette lumière rouge au fond, que je fixe avec toute l'intensité dont je puisse faire preuve. Celle de la caméra d'Esteban qui filme le concert depuis le rang du fond.

On fera passer sur YouTube un ou deux morceaux. La dernière vidéo, celle de notre concert en juin dernier au collège, a atteint plus de 12 000 visionnages en moins d'un mois. C'est plus que très bon signe.

...

Esteban aussi m'aime. Il sait particulièrement bien le montrer, chaque jour, même depuis que nous sommes arrivés au lycée.

J'ai attendu si longtemps avant de l'embrasser. Comme une imbécile prête à tout accorder à n'importe quel garçon qui voudrait bien de moi, j'avais sauté dans les bras d'Enzo en si peu de temps, c'est Esteban qui en a fait les frais, mais il a su patienter. De longues semaines.

...

Break avec Ludo et Alexis avant le final de la chanson. Nickel.

...

Il est amoureux peut-être aussi des pages qu'il a lues et relues, de chacun de mes poèmes qu'il a appris par cœur, et fier aussi de m'avoir sauvé la vie. Mais lui est amoureux autant de mes failles que de mes puissants élans.

C'est gagné. Un vrai tonnerre d'applaudissements, la salle était acquise, elle est à présent conquise.

Mathias me décoche un clin d'œil, et ne voit sans doute pas qu'Alexis, Ludo et Samy viennent de m'adresser exactement le même signe, chacun son tour. Je leur réponds en souriant et accorde mon seul clin d'œil complice à un garçon trop petit pour son siège et qui se redresse sans cesse en gigotant au premier rang.

La poursuite est sur moi.

Les paillettes de mes collants brillent sous cette douche de lumière.

« Mais tout le monde ne va regarder que mes jambes ! m'étais-je inquiétée pendant les séances d'habillage à la maison.

— Un jour, dans longtemps, plus personne ne regardera tes jambes, et tu seras malheureuse comme une pierre tombale, ma fille. Alors profite, Marion ! » avait répliqué maman.

J'attaque la chanson suivante, en solo, a cappella. À nous deux, Adèle !

There's a fire starting in my heart
Reaching a fever pitch,
it's bringing me out the dark
Finally I can see you crystal clear
Go head and sell me out
and I'll lay your shit bare[1].

Je sens que c'est gagné...
Je profite, maman, je te promets que je profite...

---

1. Adèle, *Rolling in The Deep*.

HUBERT BEN KEMOUN

Hubert Ben Kemoun vit à Nantes sur les rives de la Loire. Auteur de livres de jeunesse depuis trente ans, il a également écrit beaucoup de fictions dramatiques pour la radio, des pièces de théâtre et des comédies musicales.

Pour que les filles le remarquent au collège et au lycée, il a monté autant de groupes de rock qu'il y avait de copines à séduire (chacun fait comme il peut), et ça ne marchait pas trop mal...

S'il est l'auteur aujourd'hui de près de deux cents ouvrages en littérature jeunesse à partir de 3 ans, l'adolescence et le roman noir sont des îles essentielles du vaste archipel où il adore faire accoster sa plume.

La fille seule dans le vestiaire des garçons a remporté de nombreux prix :

Prix Marguerite Audoux des collégiens du Cher
Prix des dévoreurs de livres (collèges)
Prix du roman Lycée (festival du livre d'Annemasse)
Prix littéraire Ravinala du livre voyageur de Madagascar
Prix Farniente. Bruxelles et Wallonie
Prix littéraire des collégiens de la ville de Cholet
Prix Adolire du Morbihan
Prix Livre Élu en Livradois-Forez
Prix Jacques Brel

DU MÊME AUTEUR
AUX ÉDITIONS FLAMMARION :

L'heureux gagnant
Blues en noir
La Gazelle
Seuls en enfer !
La fille quelques heures avant l'impact
Piégés dans le train de l'enfer
Piégés entre les murs de la nuit
Piégés dans le bateau maudit
Ma mère, la honte

NORD COMPO
multimédia

Composition et mise en pages
Nord Compo à Villeneuve-d'Ascq

Dépôt légal : janvier 2020
N° d'édition : L.01EJEN001730.N001
Loi n° 49-956 du 16 juillet 1949
sur les publications destinées à la jeunesse
N° ISSN : 2678-3495
Achevé d'imprimer en décembre 2019 en Espagne par Liberdúplex